Apócrifa

Historias Híbridas

Apócrifa

Historias Híbridas

Ivan Ledezma

Prólogo

Siempre he pensado que los libros son grandes compañeros de vida, recibí el archivo con estos cuentos y de inmediato los imprimí para poder leerlos camino al trabajo, en el trayecto al museo, en cada noche lluviosa que tuviera libre, porque Ivan siempre llega junto con el lluvioso verano de este país; me gusta pensar que es para hacerme compañía, porque el verano para mí, está lleno de nostalgia, melancolía y dudas.

Así que caminé con estos cuentos en mi bolsa por toda la ciudad, muchas me detuve en un café para seguir leyendo con calma, porque me atraparon, estos cuentos me atraparon y volé con ellos sobre los cuerpos de criaturas deformes, sobre el miedo de abrir una cerradura y sentí el dolor intenso de una mordida sobre mi piel desnuda.

Algunas veces también me identifiqué con una sed de amar y poseer de alguno de los cuentos; de cuidar, de eternizar esos pocos momentos de la vida donde la felicidad nos explota en la cara y el cielo nos parece un horizonte mucho más cercano de lo que en realidad está. Sí, yo también tengo a alguien que de solo recordarlo hace que mil mariposas vuelen en mis adentros y, aunque un mar de distancia nos separa, también nos acerca.

Qué felicidad saber que este libro sería el primero en publicarse con mi recién estrenado proyecto editorial, "El aleteo de una mariposa", me siento agradecida por la confianza, por el honor de darle lectura y seguimiento a las ilusiones de un escritor y tener, por un momento, su corazón en mis manos.

Vamos a explorar juntos, la propia naturaleza extraña de la composición de nuestro ser. Híbridos, locos, llenos de miedo, llenos de fantasía. Les apuesto que no se arrepentirán de leer este libro, aunque les advierto que, quizá, no vuelvan a mirar la noche con los mismos ojos…

Sofía Escalera
Julio del 2022
Cdmx.

Los monstruos son reales y los fantasmas son reales también. Viven dentro de nosotros y, a veces, ellos ganan.

Stephen King

Agradecimientos

A Jeremy, la luz más brillante de mi universo. Sin ti, nada.

A Bel, quien nunca dejó de creer en mí. ¡We are forever, bulletproof!

A Zuley, quien me enseñó que la magia es real. ¡Expecto Patronum!

A mi madre, que me enseñó el amor por los libros.

Y a todos ustedes, que han hecho esto posible.

Gracias.

"Somos polvo de estrellas, recordarlo brillando"

UN AMOR VERDADERO (ARIEL LOVE)

—Eres un artista muy joven y has logrado mucho en muy poco trayecto, los ojos de miles volteen a ver tus obras, ¿qué sientes al saber eso y saber también que te has vuelto todo un ícono en el medio?

Odiaba hacer entrevistas, nada se me hacía más banal que el hablar sobre mi trabajo, mi misión o así lo sentía, era crear algunas obras y tratar de transmitir con ella mis vivencias, emociones e ideales, esperaba que mi trabajo hablara por sí mismo, a la hora de ser cuestionado, sentía, de alguna forma, que no lo lograba.

—¿Sabes?, nunca se trató de fama o reconocimiento, todo esto tiene que ver con el auto descubrimiento y es gratificante que conforme vas labrando tu camino encuentres gente que te acompañe en ese recorrido. —contesté, lo más sincero que pude.

—¿Qué es lo que te inspira? ¿qué recomiendas a los artistas emergentes?

—Que vivan, que salgan ahí afuera y observen todo lo que pasa a su alrededor, la inspiración no llegará de la nada, tienes que vivir la vida, no solo sobrevivir, y una vez que lo hagas querrás mostrar lo aprendido a los demás, no necesariamente en una pintura, como yo, puede ser en una canción, en un cuento, una obra de teatro. Vamos, las posibilidades son infinitas.

Al terminar la entrevista, muchas personas se acercaron

a mí, nos tomábamos fotos, me pedían algunos consejos, me decían lo que pensaban o sentían de mis obras, yo sonreía y agradecía su interés y su tiempo.

Incluso fue un político, me decía lo mucho que agradecía que pudiera inspirar a los demás para realizar "cosas grandes", al parecer solo estaba ahí para que la gente pensara que le importaba la cultura. Al cabo de unas horas yo estaba en casa.

Siempre era lo mismo, recibir elogios de las personas y algunas palabras lindas, pero por dentro, me sentía incompleto.

Trataba de llenar esos vacíos creando mis obras, esperaba que alguien, sin saber quién, pudiera verlas y aprobarlas, cada día pensaba que llegaría esa persona que podría ver no solo destellos, sino completamente a través de mis trabajos y pudiera así, conocer mi alma.

Alguna vez lo hablé con algunos amigos, decían era normal, que a muchos artistas les pasa a así, jamás era suficiente para ellos su propio trabajo, pero no sé, de algún modo pensaba que lo que esperaba no era imposible.

Solía salir algunas veces a ver exposiciones, me gustaba ver el trabajo de los demás y tratar de ver qué sintieron en ese momento, qué pensaban al hacerlo. Así fue como llegué a una galería outsider.

Me encontraba viendo una obra de un artista que decían tenía esquizofrenia, en el cuadro se veía que los trazos iban siendo cada vez más toscos pasando de tonalidades claras a obscuras, incluso los bordes estaban garabateados.

Estaba sumergido tanto en la obra que ni si quiera me

di cuenta cuando alguien me habló.

—Se ve muy intenso, ¿no crees?

Una chica de alrededor de treinta años estaba a mi lado, era alta y delgada, su piel era tan blanca como el mármol, tenía el cabello tan negro que parecía absorber la luz, unos labios carnosos y rojos, pero lo que más llamaba la atención eran sus ojos verdes esmeralda, era la mujer más hermosa que jamás había visto.

—¿Disculpa?

—El cuadro, se ve muy intenso ¿no?

—Sí, creo que tienes razón, es una obra muy interesante.

—Disculpa, parecías muy entretenido y te distraje.

—No, no hay problema, a veces me pasa.

—¿Sueles salir mucho a ver cuadros?

—Sí, aprecio mucho el arte y el las obras outsiders en particular, me causan cierto interés.

—¿Las obras qué? ¿Podrías explicarme?

—Originalmente, el outsider art, se llamó art Brut, una expresión que acuñó el artista francés, Jean Dubuffet, a principios de los años cuarenta. Se refiere a la obra de pintores autodidactas, sin formación y, a menudo, el arte de los enfermos mentales.

—¿Entonces obras como estas son de interés de la gente?

—Realmente sí, por ejemplo, los surrealistas franceses tenían gran inspiración en este tipo de obras. En muchas universidades tratan de enseñar el cómo emular la técnica de muchos, pero a mí parecer es algo imposible.

—¿Por qué?, ¿no están locos?

—Porque no podemos emular algo que claramente es realizado desde la perspectiva de otro.

—Qué suerte tuve, aprendí mucho en solo una plática, gracias…

—Jonathan, ¿y tú?

—Ariel. Mucho gusto. Espero verte otro día en alguna exposición.

—Espera, oye, me preguntaba si quisieras conservar mi número, no tienes que hacerlo si no quieres, pero podríamos ir por algo de beber algún día.

—Claro, por qué no.

Por la noche no podía dormir, repasaba en mi cabeza cada palabra que crucé con Ariel, sus facciones eran aún muy nítidas en mi memoria, tomé la decisión de hacer un retrato de ella, me levanté de prisa y empecé a trabajar.

Pasaron unos días, hasta que recibí una llamada, era Ariel, me invitaba a ir a una fiesta con ella. Claramente, accedí.

—Gracias por acompañarme, sé que es algo repentino, pero no quería ir sola y enseguida pensé en ti.

—Gracias, me siento muy bien de que me hayas invitado.

Era la fiesta de una de sus amigas, había comprado, junto con su pareja, una casa y quiso celebrar invitando a sus amigos, la fiesta era casi como todas, música, cervezas por todos lados y gente haciendo grupos para hablar de una u otra cosa.

—Ella es Andrea, es la anfitriona de esta fiesta y mi mejor amiga. – me acercó para presentarme. – Y él es

Jonathan, es increíble, te caerá genial.

—Mucho gusto, es una fiesta increíble. – saludé.

—El gusto es mío, gracias por acompañarnos.

Toda la noche estuve al lado de Ariel, me sentía increíble, bailamos, bebimos juntos y platicamos mucho. Supe que ella era contadora y amaba su trabajo, vivía con sus padres y era hija única, hablaba con un entusiasmo enorme, tenía tanta vida y contagiaba su alegría.

Nos quedamos hasta que finalizó la fiesta, me ofrecí a llevarla a su casa y ella accedió, fue la mejor noche que había tenido en años. Conforme pasaba el tiempo nos fuimos frecuentando más y más, ella me pidió la dejara ver mi trabajo, ambos fuimos a mi casa y le enseñé algunas obras que tenía.

Me daba miedo que las viera, de alguna forma sentía que era estar desnudo ante ella, por alguna razón, lo que dijera a continuación, marcaría mucho en mí.

Ella empezó a recorrer mi estudio paso a paso, ponía una expresión sería y luego inspeccionaba cuadro por cuadro. Al finalizar, no dijo nada, solo sonrió y me abrazó.

—¿Qué piensas? —apenas podía hablar.

Me miró muy seria, volteó a ver de nuevo los cuadros, luego de nuevo a mí.

—Son… bonitos. —y se soltó a reír.

—Eres muy cruel. —estaba riendo mucho de los nervios.

—Es que recordé que me dijiste que esa expresión es

muy mala a la hora de describir un cuadro. – ella seguía riendo.

—Eres realmente cruel. – me encantaba verla sonreír.

—Y, ya en serio, ¿qué piensas?

—Eres bueno, Jonathan y no debe importarte lo que piense yo, o los demás.

—Pero es que sí me importa.

—Amo tus trabajos, sinceramente ya los conocía desde antes que a ti, no supe eras el artista hasta después de que salimos, pero en verdad me encanta. Es como si pudiera ver qué te llevó a crearlos.

—¿Y qué es lo que crees me llevó a hacerlos?

Ella se acercó a mí y me dio un beso, es el beso más tierno que había sentido en mi vida, por unos segundos me quedé sin aliento, me sentí en el cielo y no quise bajar de ahí, jamás me había sentido tan feliz.

—Esto, el vivir, el sentir que somos parte de algo más grande que nosotros mismos.

—¿Quieres ver algo más?

—Encantada

La tomé de la mano y la guie hasta donde estaba mi trabajo más reciente.

—Soy yo. — puso de nuevo esa expresión sería. ¿En verdad mi nariz se ve así?

Sonrió y me abrazó de nuevo.

—Aún le falta demasiado, sé que no es bueno, pero…

—Es increíble y tú eres increíble.

Pasaron los meses y un día, cuando por fin había terminado su pintura, le pedí fuéramos novios, ya nos conocíamos bastante, puedo jurar que en ese corto tiempo ella me llegó a conocer más que cualquier otra persona en el mundo y me gustaba creer que también yo la conocía más que nadie.

Cada día a su lado era maravilloso, nos apoyábamos siempre, sin importar lo que pasara, siempre podíamos contar el uno con el otro.

Una tarde mientras ella regresaba del trabajo, tuvo un accidente automovilístico, en cuanto me enteré fui a verla al hospital, ella murió a las pocas horas. No pude despedirme de ella, pese a que, diario le decía cuánto la amaba, sentía que jamás pude expresar con totalidad lo mucho que era para mí. Las personas a mi lado me decían que tenía que seguir, que debía sobreponerme al dolor.

¿Qué queda por hacer cuando lo que le da sentido a tu vida te es arrebatado?

Todas las noches sin excepción, me despertaba llorando, me llenaba de dolor saber que jamás volvería a escuchar su risa, que no volvería a sentir su mano cálida en la mía, nunca más, no volvería a sentir los latidos de su corazón al abrazarla. Un día sus padres me visitaron, llevaban algo para mí. Estábamos acomodando sus cosas cuando encontramos esto.

—¿Qué es?

—Míralo tú mismo.

—Era una fotografía, apenas la vi, supe cuándo había sido tomada.

—Es, es del día que nos conocimos.

—La tenía en su cajita de los recuerdos. – me explicó

su mamá.

—Creemos que es mejor que la conserves tú. – su padre sonrió. – mira lo que está escrito atrás.

14/06/2022. "Lo esencial es invisible a los ojos"

—Es del principito. – recordé lo mucho que le gustaba.

—Ese día nos contó una historia muy graciosa.

—¿En verdad?

—"Un chico observaba una pintura como si intentara meterse en ella, hasta con la boca abierta" – su madre la imitó.

—Ja, no tenía la boca abierta.

—Me dijo que esperaba algún día alguien la observará de esa forma, no que solo la viera, que pudiera observarla, como tú a ese cuadro —señaló la foto.

—Creo que por eso tomó la foto, para recordarse que no debía conformarse con menos —su padre sonrió.

—Yo nunca fui suficiente para ella. Ni siquiera estuve cuando… —unas lágrimas salieron de mí.

—No, siempre estuviste para ella, y ¿sabes?, la hiciste feliz, si pudiera tener la oportunidad de escoger a alguien que cuidara de ella, toda su vida, habrías sido tú. - su padre me abrazó.

—¿Esa frase queda de maravilla no lo crees? —su madre tomó la fotografía. —Ella se sentía invisible en medio de este mundo, y tú pudiste verla.

Pasaron los meses y traté de seguir adelante, de vivir la vida de una forma que a ella le hubiera gustado, pensaba que algún día, en algún lugar, la volvería a ver y trataba de que mi vida tuviera sentido para que cuando llegara ese día, pudiera verla con una sonrisa en mi cara.

Cada día antes de dormir veo su pintura y algunas ocasiones, puedo ver a través de ella, esa sonrisa que tantas veces me salvó.

El SÓTANO

Desde hace casi dos meses buscaba trabajo, había dejado mi currículum en diversos lugares, pero jamás recibía una llamada para decirme que el puesto era mío.

Era deprimente saber que, aunque tuviera ya mi licenciatura, no podía trabajar en lo que quería por la demanda laboral.

Lo peor era que mis gastos personales como renta y vivienda, seguían, así que decidí trabajar medio tiempo en algo que pudiera ayudarme a solventar esos gastos en lo que conseguía un empleo mejor.

—Te lo digo, Ebverly, deberías trabajar como lo hago yo, limpiando casas, cuidando personas —Lilia sonreía de oreja a oreja —no es tan mal pagado y es rápido, podrás buscar algo mejor, después.

—Es que no sé, siento que sería un retroceso, ya tengo mi título, sé que necesito trabajar, pero no sé…

—No, amiga, retroceder sería quedarte estancada.

—Creo que tienes razón —Ebverly sonrió—. Gracias.

Tal como había dicho Lilia, había encontrado varios anuncios de gente que buscaba ayuda para hacer la limpieza de su hogar o cuidando niños, padres o familiares enfermos.

Más pronto que tarde, empecé a trabajar y eso me ayudó a sentirme mejor. Mi primer trabajo fue para una familia que querían les ayudara a cuidar a un señor de la tercera edad que acababa de salir de una operación de cadera, como ninguno de sus dos hijos podía hacerse cargo de él, me contrataron para estar a su lado en la recuperación. Afortunadamente estuve con ellos seis meses, en los cuales le tomé un cariño enorme al señor y aprendí demasiado de cosas que jamás me hubiera imaginado.

También trabajé cuidando a un niño de cinco años, él estaba solo porque su padre, que recién había enviudado, no podía estar con él por su trabajo. Era muy divertido cuidarlo y jugar con él, aprovechaba para enseñarle algunas cosas, para que, al momento de llegar al prescolar ya estuviera un poco preparado.

Tampoco todo era felicidad, en algunas ocasiones trabajé para personas que tenían un modo muy difícil, pero sabía que era parte de la vida, no siempre puede estar uno en su zona de confort. Ya había pasado cerca de un año y a veces me preguntaba por qué me sentía tan cómoda en estos trabajos, la paga no era tan buena, sabía que podía encontrar algo mejor, algo más estable, no sé, con un horario establecido, así como el sueldo; pero me gustaba tratar con la gente, me gustaba lo que hacía, o quizá solo era que ya me había acostumbrado a esta rutina y me daba miedo intentar algo más.

Un día recibí una llamada, era el amigo de un señor con el que había trabajado y me decía había sido recomendada y quería conversar conmigo para ofrecerme un trabajo, quería le ayudará a hacer la limpieza de su casa y ayudarles con su mudanza, ya que se irían de la ciudad. Accedí.

Cuando entré, quedé maravillada con el enorme jardín,

tenían flores de colores, árboles frutales y una pequeña fuente. Me dieron un recorrido por toda la casa, en el interior de la sala había una chimenea y muchos cuadros hermosos, la cocina era enorme y el comedor se veía muy costoso.

Había cuatro habitaciones en el hogar, cada una del tamaño de un departamento pequeño.

—Me alegra mucho hayas accedido a trabajar para nosotros. – Su voz era pausada y muy baja. – Ella es mi esposa Eva, esperamos te sientas cómoda en estos días.

—Mucho gusto a ambos, les agradezco la oportunidad y les aseguro no se arrepentirán. – me emocionaba mucho estar ahí.

—Cuando hablábamos con Sergio y le comentamos que nos mudaríamos y necesitábamos a alguien, en seguida nos dio tu nombre y número. Luis se comunicó ese mismo día contigo. – Eva sonrió, aunque su mirada estaba en otro lado.

—Este es nuestro hogar y espero lo respetes como si fuera el tuyo, queremos nos ayudes a acomodar todas las cosas y separarlas para la mudanza, sé que es demasiado y muy pesado, pero queremos todo esté en orden para cuando venga la mudanza. – Luis casi susurraba.

—Queremos decirte algo más, algo que no pude decirte por teléfono. – Eva miró a Luis.

—Hace unos días, nuestra hija, nuestra Karen, murió. Es, era lo más hermoso, nuestro mundo –Una lágrima cayó. —A nosotros nos cuesta mucho trabajo entender esto, saber que se fue y no podemos tocar nada de su habitación porque, porque duele. Y queremos, queremos que tú guardes cada una de sus cosas, con respeto, con delicadeza y nos ayudes.

Fue desgarrador, no podía saber lo que sentían, pero comprendía el dolor. Antes, otras personas me habían dicho que a veces en las mudanzas se "pierden" cosas, por no decir que las roban, quizá era su miedo a perder algo de su hija, por eso me habían llamado, quizá aún la muerte de ella dolía tanto que no podían acercarse a su habitación sin romper en llanto. Me sentí mal por ellos y decidí ayudarlos. Empecé a trabajar ahí al día siguiente.

Lo primero que noté al entrar a la habitación de Karen, es que esta aún tenía el aroma de ella, una suave fragancia como de vainilla, no había fotos o posters, en lugar de eso, había muchas frases de canciones escritas en la pared, canciones de The Beatles o los Ramones, dibujos de átomos o formulas químicas que no entendía.

Le gustaba el rosa y el azul pastel, tenía muchas revistas de ciencia, otras más de "Muy interesante ", un estante lleno de libros, otro más lleno de muñecas que parecían ser coleccionadas por ella y maquillaje por doquier. Me sentí alegre al estar ahí, casi podía sentir la presencia de Karen en la habitación y entendí por qué sus padres se negaban a entrar ahí, el golpe de la realidad era catastrófico

Empecé a guardar primero los libros, tomé una caja y los guardé según el orden del estante, alfabéticamente; noté que entre los libros guardaba algunas notas, quizá académicas o de referencia, era alguien muy dedicada. Mientras seguía guardando libros, escuché algo que llamó mi atención, era un golpe seco seguido de algo que parecía ser un quejido, el ruido parecía venir de abajo, así que fui a ver qué pasaba.

Al bajar me encontré con la señora Eva, le dije que había escuchado algo y bajé para verificar que ella estuviera bien, ella me miró de nuevo con sus ojos distantes y me dijo que no pasaba nada, yo subí de nuevo a seguir con mi trabajo, pero mientras lo hacía, pude escuchar claramente otro ruido similar, parecía venir del sótano.

Ese día, apenas pude guardar todos los libros y parte de sus muñecas, al día siguiente seguiría. Recuerdo que esa noche soñé con Karen, no la conocía, pero de alguna manera sabía que era ella. En el sueño la veía a la distancia y ella trabaja de decirme algo, yo me acercaba más y más para oír qué era, pero parecía inútil, una vez que la alcanzaba podía ver qué no tenía boca, yo me espantaba y de pronto desperté.

Al llegar a la casa, solo estaba el señor Luis, aproveché para comentarle lo del día anterior, le dije había escuchado un ruido y que quizá sería una rata que, si él quería, podía bajar al sótano y ver si era eso o no, sabía de antemano que a mucha gente no le gustaba lidiar con esa clase de animales.

—No puedes bajar ahí, está estrictamente prohibido. —El gritaba y se acercaba a mí mientras me señalaba. - ¿Me escuchaste? No puedes bajar ahí.

—Está bien.

No entendía nada, yo quise ayudar, no entendía por

qué me había hablado así, pero lo dejé pasar. Eran raros, sí, pero me recordaba a mí misma que habían perdido a su hija y trataba de entenderlos. Seguí guardando las cosas de Karen, sus muñecas eran hermosas y estaban muy cuidadas, unas se veían muy costosas, otras más bien, viejas. Apenas terminé de guárdalas, empecé con las revistas, luego con algunos peluches que tenía, vi que uno de ellos tenía un colgante, en él había una foto, era de una chica de unos dieciséis años con un chico un poco mayor, ambos se abrazaban mientras sonreían a la cámara. Así que ella es Karen, pensé.

Seguí guardando más cosas cuando empecé a escuchar un llanto, era muy débil y apenas se escuchaba, pero se distinguía claramente. El señor Luis estaba en la sala, podía escucharlo hablar por teléfono, así que decidí bajar poco a poco las escaleras para oír mejor. Sí, era un llanto, y sí, venía del sótano. Sentí escalofríos y me dio miedo, solo pude regresar a la habitación y seguir mi trabajo.

Esa noche tampoco pude conciliar el sueño, miles de preguntas venían a mi cabeza, sabía que en esa casa pasaba algo, pero también sabía que Luis y Eva no me dirían nada. Al otro día, ya había avanzado mucho con las cosas de Karen, solo faltaba su escritorio y su baño, fue lo más rápido, seguí con otra habitación que servía como estudio del señor Luis, ahí había varias carpetas, tres computadoras y también muchos libros de economía e informática, empecé a guardar todo.

La señora Eva había salido por más cajas que me harían falta, y el señor Luis recibió una llamada que venía de su despacho, tenía que ir urgentemente. Él se debatió entre dejarme ahí en lo que llegaba su esposa o pedirme regresara al día siguiente. Optó por lo primero. Apenas salió de la casa, yo me dirigí a la puerta que conducía al sótano, estaba cerrada con llave.

Me quedé ahí esperando para escuchar algo, pero nada, ya me iba a subir cuando de pronto lo escuché de nuevo, era el llanto de una chica.

—¿Quién está ahí dentro?

—Ayúdame por favor… - la voz apenas tenía fuerza.

—¿Quién eres? – Repetí.

—Ayúdame, tengo hambre, tengo muchísima hambre.

—Tengo que llamar a la policía, te ayudaré, solo resiste por favor.

—No, ayúdame por favor, ahora. – Tengo hambre, tengo miedo.

—Te voy a sacar de ahí, solo resiste por favor. – traté de calmarla.

—Ayúdame, por favor …

Intenté tirar la puerta a patadas, estrellándome contra ella con todas mis fuerzas, pero esta no cedía. Escuché que un auto entraba, así que le pedí bajara la voz.

—Debe ser la señora, por favor guarda silencio, te sacaré de ahí.

—Esa mujer, esa mujer es mala.

—Resiste por favor.

Tenía mucho miedo, no sabía qué hacer, solo pude volver a la habitación de arriba y seguir trabajando. La señora Eva fue donde yo estaba y me dijo había más cajas abajo para cuando las ocupara, fingí una sonrisa y le agradecí, ella subió a su habitación.

Apenas escuché que cerró su puerta, llamé a la policía, no tenía mucho tiempo, solo pedí fueran a esa dirección, les dije que alguien corría peligro, había escuchado ruidos y necesitaba fueran rápidamente. Pasó una hora, luego dos, cuando escuché que alguien hablaba en la entrada principal, me di cuenta era la voz del señor Luis, entró a la casa y fue directo hasta donde yo estaba.

—¿Qué has hecho?

—No sé de qué habla, no he hecho...

—¿Te crees muy lista? Ya me dijeron de tu llamada, le dije que eras una ex empleada que quería hacernos pasar un mal rato.

—Yo... yo...

—Toma tus cosas y lárgate de mi casa. – Estaba tan rojo que parecía iba a estallar.

Tenía miedo, iba bajando de su estudio cuando escuché de nuevo el llanto, esta vez incluso el señor Luis lo escuchó.

No sé qué pensé en ese momento, no sé qué me motivó, quizá el saber que la policía no haría nada, quizá el saber que alguien estaba ahí y me necesitaba, no lo sé, solo tomé un respiro enorme y arrojé al señor Luis por las escaleras. De pronto un ruido seco, él quedó tirado en el piso, inconsciente.

Busqué rápidamente por todo su cuerpo hasta encontrar unas llaves que traía, corrí hasta el sótano y empecé a tratar con cada una de ellas para poder abrir.

—Ayúdame por favor… ayúdame, tengo hambre.

—Ya voy, solo espera. – Yo estaba temblando del miedo y la adrenalina.

Pude abrir la puerta, dentro de ahí había una mujer con los brazos y piernas atados con cadenas a una mesa de metal, ella era muy delgada, tenía el cabello y la ropa ensangrentada. Alrededor de ella, en el piso, muchos instrumentos de tortura.

—Tú, tú eres…

Sentí un golpe en la cabeza, luego algo tibio, era mi sangre, me giré y vi al señor Luis y la señora Eva mirándome con rabia. De pronto otro golpe, este hizo perdiera el conocimiento por unos segundos. Como pude me arrastré hasta tomar una especie de machete largo, le di en el pie a Eva. Ella gritó.

—¿Cómo pueden ser capaces?

—Esa cosa no es nuestra hija, tú no sabes lo que hemos pasado, gritó Luis.

Le di un golpe con el machete, quizá le di en el estómago, él gritó y sacó sangre por la boca. Me acerqué y le quité las cadenas de la mano derecha, la señora Eva se aventó hasta la mesa para impedirlo.

—¡No! No lo hagas. – Me empujó y trató de volver a poner la cadena en la mano de Karen.

Todo fue muy rápido, Eva quiso poner de nuevo la mano de Karen en la cadena, pero ella, con la mano libre, la tomó del cabello y la acercó hasta su boca. Luego empezó a morderla, los gritos de Eva inundaron el lugar, la sangre salía de su cabeza y Karen no dejaba de morderla.

—¡Qué has hecho niña estúpida! – Luis lloraba.

Karen se quitó rápidamente la cadena de su otra mano, luego las de los pies, lo hacía con una facilidad enorme. Luis trató de correr por las escaleras, pero apenas me di cuenta, ya tenía a Karen sobre de él, y al igual que con Eva empezó a morderlo, le arrancaba trozos de piel mientras él, poco a poco, iba perdiendo la vida, antes de que muriera le sacó los ojos y los devoró.

—Tenía mucha hambre. – Karen estaba completamente llena de sangre y trozos de carne y piel. – Gracias.

Yo no podía haber nada, estaba paralizada, me oriné en mí misma y empecé a llorar mientras veía esa cosa que se acercaba poco a poco a mí.

—No me hagas nada por favor, no me hagas nada –supliqué.

—Me gusta tu cara, eres muy bonita.

—¿Qué?

Sentí una mordida, luego otra y luego otra, cada vez dolía menos, cada vez me sentía más liviana, pronto caí y pude ver cómo esa cosa salía del sótano, no sin antes voltear a verme y dedicarme una sonrisa, ella era idéntica a mí… jamás había Sido Karen.

—Gracias por todo.

EL CADÁVER

Algunas veces se dice que cuando pasa una tragedia, las personas pueden sentirlo, aun estando a kilómetros de distancia, que es como si de pronto supieran algo iba mal. Cuando mi Isaac murió, no sentí nada de eso.

Eran cerca de las dos de la tarde cuando recibí una llamada de Gabriela su novia, yo pensaba que su llamada se debía a cualquier otra cosa, quizá la fiesta de cumpleaños que se acercaba o alguna comida, pero apenas escuché su voz, supe que algo iba mal.

Ella lloraba y me decía que no entendía lo que pasaba, me pedía ir de inmediato y así lo hice. Mi hijo vivía a tan solo unos minutos de donde yo, así que le avisé a mi esposa y rápidamente fuimos a su casa. Al llegar, ya se había juntado una pequeña multitud, la gente se acercaba a nosotros y decía que lo sentía, que lo lamentaba, cada paso que dábamos era más doloroso que el anterior, mi esposa lloraba y me apretaba fuertemente la mano, ingresamos al departamento de mi hijo y ahí había aún más gente.

Entrando a su habitación, mi esposa corrió y abrazó a Isaac, yo me quedé en la puerta, solo viendo la escena, mi hijo parecía dormido, parecía que en cualquier momento se movería y nos hablaría, pero los segundos pasaban y él seguía inmóvil, empecé a llorar y a gritar de la desesperación, tenía miedo.

Un policía se acercó hasta nosotros y nos dijo que tenían que llevarse a Isaac, yo lo abracé y le pedía me hablara, que se despertara, le suplicaba que dejara de hacer llorar a su mamá. Gabriela me abrazó por la espalda, me giré y le devolví el abrazo.

—¿Qué pasó, Gaby, qué le pasó a mi hijo?

—No lo sabemos, hasta ayer estaba bien, habíamos quedado de salir hoy temprano, no llegó y eso me preocupó. – no dejaba de llorar. – Le marqué miles de veces y no contestaba, tengo llave del departamento, así que vine, pensé que dormía y lo abracé, pero estaba helado. ¡No sé qué pasó, no sé qué pasó!

Mi esposa se acercó y la abrazó muy fuerte.

—Tranquila, tranquila, por favor.

—Quizá si hubiera llegado antes, quizá si… -de nuevo el llanto.

Había llegado más gente, nos dijeron tenían que llevarse a Isaac para saber qué había pasado, yo accedí, pero pedí me llevaran a su lado, no lo dejaría solo. Decidí esperar en la morgue para saber qué había pasado.

Fueron las horas más dolorosas que he vivido, es un lugar frío, el olor a cloro y detergente se hace insoportable, no había un reloj cerca y sentía como si estuviera ahí días y días sin saber nada. No sé cuánto pasó hasta que un médico salió junto con un policía.

—Este es el resultado de la necropsia.

—Por favor, dígame, ¿qué fue lo que le pasó?

—Muerte súbita, su corazón falló, es un caso muy extraño ya que se encontraba en buen estado de salud…

"Caso" ¿Eso era a lo que se reducía mi hijo? No entendía nada de lo que decían ahí o quizá no quería entenderlo, no sabía qué debía hacer ahora, me sentí de nuevo como un niño que pierde el rumbo y necesita de un adulto para saber qué cosa tiene que hacer a continuación. Hablé con mis hermanos y mi esposa por teléfono, ellos empezarían a hacer los arreglos para el funeral, yo seguiría con todos los trámites que se debían hacer.

Es algo irónico cómo funciona la mente, en esos momentos solo podía recordar cuando nació mi pequeño, el hacer la documentación en el hospital al nacer, luego al registrarlo, luego al meterlo al preescolar y ahora… ahora tenía que certificar su muerte.

Recibía miles de llamadas, al principio contestaba por cortesía, trataba de decirle a la gente que agradecía su apoyo y condolencias, pero conforme pasaba el tiempo noté que las llamadas eran más morbosas que realmente afectivas.

¿Y qué le pasó? ¿Cómo fue? Pero él estaba bien, ¿entonces por qué?"

El morbo de la gente por saber los detalles de la muerte de mi hijo me llenaba de indignación, pero no podía enfadarme por eso, por más que quisiera sentir enojo, ira, lo que fuera, no podía; sentía un vacío enorme en mi interior.

Eran cerca de las diez de la noche cuando me entregaron el cuerpo de mi hijo. Mi esposa y Gabriela ya habían hablado con una funeraria y ellos trasladarían su cuerpo hasta nuestra casa para poder velarlo. Al llegar había bastante gente, familiares, amigos de Isaac, algunos vecinos y más gente que no conocía.

Pedimos que metieran a Isaac en su antiguo cuarto para poder vestirlo, un chico de la funeraria nos ayudó y nos explicó cómo debíamos ponerle sus prendas, ya que este empezaba a ponerse tieso. Era difícil vestirlo, igual que cuando era un niño, ese pensamiento me hizo llorar, darme cuenta de cuánto había crecido mi hijo, cuánto había cambiado y al mismo tiempo seguir igual de cuando era un pequeño. De pronto pensar en el hombre que nunca sería, tenía tantos sueños, tantas metas.

Estaba sumergido en esos pensamientos, cuando sentí algo en mi mano, era Isaac, me sujetaba del brazo.

—¿Qué está pasando?

—Es normal, es un reflejo del cuerpo. – el chico de la funeraria me intentaba tranquilizar.

—¡Él abrió los ojos, en verdad, por un momento abrió los ojos!

—Son reflejos, no pasa nada.

De pronto sentí miedo, no entendía el porqué, solo sentía un miedo indescriptible. Llevamos el cuerpo de mi hijo a la sala, ahí y ya dentro del ataúd empezamos a despedirnos de él, mientras unas señoras rezaban. Mi esposa parecía en trance, solo miraba alrededor de la caja y no se movía para nada.

Era cerca de la una de la mañana cuando un hombre alto entró, vestía de negro como la mayoría, pero su ropa era estilo vaquero, llevaba un sombrero y no se lo quitó en ningún momento, quizá fue por eso que me llamó la atención, parecía estar fuera de lugar.

—¿Lo conoces? – señalé con la cabeza a Gabriela

—Jamás lo había visto, conozco a todos sus amigos y él no lo es, quizá es conocido de la escuela.

—Sí. Quizá.

El hombre alto se mantuvo distante, era consciente de que llamaba la atención, pero parecía no importarle. Una anciana que rezaba lo vio y dio un grito ahogado, luego se desmayó, yo me acerqué para ayudarla, pero apenas había dado un paso cuando se fue la energía eléctrica. Afuera se escuchaba el viento rugir y las cortinas parecían tener vida de tanto movimiento. Varias personas se alarmaron.

—Dios mío.

—¿Qué pasa?

—La luz.

—El cuerpo no está. - Gabriela gritó. - ¡Isaac!

La única luz visible era la proporcionada por las veladoras, me giré para ver a mi esposa, ella estaba en shock, me acerqué a ella y la abracé. Miré hacia el ataúd y este estaba vacío, la cara de las personas pasaba de la incredulidad al miedo. El viento rugía, algunas personas salieron corriendo, pronto el viento parecía ponerse más violento, era como si algunas alas revolotearan alrededor de la casa, las veladoras se apagaron.

Gabriela lloraba y gritaba de terror, otras ancianas rezaban aún más fuerte mientras se veían interrumpidas por su propio llanto. Se escuchó un ruido hueco y supe que el ataúd había caído. En ese momento escuché el llanto de mi hijo, el ruido provenía de todos los lugares, apenas era perceptible, pero yo lo reconocía, podía oír cómo lloraba, parecía que algo le dolía. No, doler no, él estaba sufriendo.

Me puse a buscar a tientas en la oscuridad de dónde provenía el llanto, pero cuando pensé estaba cerca, llegó la energía eléctrica. Estaba frente al ataúd y dentro de él, estaba Isaac. Su expresión había cambiado, ya no parecía estar durmiendo, no, tenía los ojos y la boca abierta, se veía espantado. De no saber lo de su corazón, de no haber leído el informe, podría jurar que él murió en ese preciso momento, de algo que lo asustó hasta perder la vida.

Algunas personas no tuvieron reparo en decir lo que creían que había pasado.

"Seguramente era satánico" "El diablo vino por él" "Vendió su alma."

Al finalizar la noche, no éramos más de diez personas en la casa. Nadie tocó el tema, nadie creía lo que había pasado.

En el funeral y contrario a lo que yo pensaba, hubo aún más gente, la mayoría se veía iba para ver qué pasaba a continuación, poder presenciar algo que seguramente habían oído, pasó la noche anterior, pero nada sucedió. Mientras cubrían de tierra el ataúd y se daba el último adiós, sentí una mirada a la distancia, giré y vi a lo lejos la silueta del hombre alto de la noche anterior. Me dirigí a donde estaba y lo cuestioné…

—¿Quién eres? —pregunté.

—Tú bien sabes quién soy —él no dejaba de ver en dirección a donde sepultaban a Isaac.

—¿Qué le hiciste a mi hijo?

—¿Yo, estás seguro?

Se alejó lentamente de ahí, no pude decir nada más,

de pronto supe a lo que se refería. Después de casarme tuve varios problemas con mi esposa por no poder tener un hijo, le pedí a Dios me ayudará y él jamás escuchó mis plegarias, con el tiempo no solo le pedí a Dios, sino a cualquiera que pudiera ayudarme. Entendí que esas plegarias habían sido escuchadas, pero también entendí que nada en la vida es gratis.

Enterramos a Isaac y pronto, con el paso de los meses, todos empezaron a aceptar su partida. Yo aún puedo escuchar el llanto de mi hijo.

CUIDARÉ DE TI

Vivir es un asco. Algunas veces me pongo a pensar en mi vida, en todas las decisiones que he tomado hasta ahora y me doy cuenta de que nada hace que quiera seguir viviendo. Mi familia es un asco, un padre que abusó de mí apenas tenía cuatro años, una madre que al enterarse me culpó a mí por "haberlo provocado" y una sociedad a la que todo esto no le importa ni una mierda.

Alguna vez tuve un sueño, ¿cuál era? Dormir y jamás despertar, eso era lo que quería. Toda mi primaria, la rutina era la misma. Ir a la escuela, llegar e intentar hacer tarea mientras mi madre me decía que mi nacimiento había arruinado su vida, al anochecer dormir pidiendo a Dios o lo que hubiera, que mi padre estuviera lo suficientemente borracho para no intentar abusar de mí.

Cuando él falleció, a mis quince años, mi madre me corrió de casa, tuve que trabajar desde entonces, de lo que fuera, para poder sobrevivir. Cuando cumplí diecisiete, visité por primera vez a un psiquiatra, él me dijo que sufría de algo llamado estrés post traumático, depresión y algo más. Me ayudó a saber que algunas cosas de mi vida no habían sido mi culpa, me ayudó a que con la medicina me sintiera un poco mejor y entonces la vida fue un poco más tolerable.

En el trabajo conocí a un chico, era bastante guapo y mostraba interés en mí, pensé que sería el indicado, pero apenas supo estaba embarazada, me dejó. Nunca sufrí por su indiferencia, jamás intenté que se quedara a mi lado, salió de mi vida y yo lo acepté, me sentía bien. Por primera vez en mi vida fui feliz, al saber que sería madre. Me emocionaba, muchas veces me dije a mi misma que jamás repetiría los errores de mis padres.

Sabía que sería difícil hacerlo sola, pero también sabía que muchas veces es peor estar en una relación donde no encuentras apoyo. Trabajé mucho, a veces horas extras para poder tener un lugar digno donde criar a mi bebé y poco a poco, toda mi vida fue tomando sentido.

En cuanto lo tuve en mis brazos y apenas lo vi, le hice una promesa, "cuidaré de ti, siempre cuidaré de ti". Pensé en cómo me gustaría llamarlo y, enseguida, supe que su nombre sería Jesús. Era alguien que había llegado a salvarme, que cambiaría mi vida.

Jamás había amado tanto, en verdad no sabía que se podía amar tanto. Pasaron los años y fui criando a mi hijo, era muy inteligente, pero muy reservado, prefería pasarse las horas dibujando o escribiendo que salir. Siempre me preguntaba miles de cosas que quería aprender, ¿por qué el cielo era azul, ¿por qué los planetas eran redondos?, ¿qué era el alma?

Yo no tenía la respuesta a muchas de sus interrogantes, pero me gustaba que acudiera a mí y poder buscar la respuesta juntos. Una tarde, mientras volvía del trabajo, fui violada. Había pedido un taxi para que pudiera volver a casa pronto, pero el taxista condujo hasta una zona apartada, ahí me golpeó, desnudó y atacó sexualmente.

En lo único que podía pensar era en que necesitaba llegar a casa pronto y estar con mi hijo, esa tarde y muchas más, agradecí por no haber muerto. Pasó el tiempo y supe había quedado embarazada. Aunque primero fue doloroso aceptar todo aquello, con el tiempo descubrí que quizá era parte del plan de Dios. Así que solo podía dar lo mejor de mí misma.

Jesús tenía ocho años cuando su hermana nació. Pilar, ese fue el nombre que escogí para ella, eran quien me sostendría, alguien muy fuerte. Conforme pasaba el tiempo, noté que pese a ser hermanos, eran totalmente diferentes. Jesús era introvertido y serio, mientras que Pilar era muy extrovertida y juguetona. Eran como dos polos opuestos que se complementaban entre sí.

Para mí, ser madre soltera era difícil, tenía que trabajar largas jornadas antes de poder salir y ver a mis hijos, algunas veces llegaba y los despertaba para que pudiéramos pasar, aunque fuera solo un momento juntos. Y eso, el no poder ver a los hijos, la sensación de que no era suficiente, hizo que poco a poco volviera a mí la depresión y la ansiedad. Había días en los que me despertaba llorando y solo abrazaba a mis hijos, ellos parecían entender que había días en los que yo, simplemente no podía "funcionar" bien.

Jesús me ayudaba con los cuidados de Pilar, él la alimentaba y enseñaba algunas cosas que sabía, me sentía feliz de saber que podía contar con él y que, pese a sus doce años, era muy maduro. Aún recuerdo la tarde del 5 julio.

Ese día trabajaría hasta tarde, normalmente mis hijos me despedían con un beso y un abrazo, pero Pilar no me dejaba irme, me daba un beso, luego otro, luego me pedía abrazos y luego que la cargara, ella no quería dejarme ir. Jesús, por su parte, la tomó y le dijo que tenía que irme, la abrazó y me dejaron ir. Eran cerca de las nueve de la noche, ya estábamos cerrando el restaurante cuando llegó una persona junto con dos oficiales. Les dije que no podíamos darles servicio, estábamos por cerrar, pero uno de ellos se acercó y me pidió que me sentará.

—Tenemos que hablar, su hija fue herida.

 —¡Tengo que ir!... ¿Dónde está?

—Está en casa

—¿Por qué en casa? ¡Tiene que ir al hospital!

—Su hija está muerta.

En ese momento sentí cómo mi mundo se venía abajo, no podía creerlo, quería que fuera mentira, que se hubieran equivocado, que yo no era la persona con la que necesitaban hablar. Sentía que me faltaba el aire, que alguien me oprimía muy fuerte, que de pronto las fuerzas se me iban, me desmayé. Cuando recobré el conocimiento, solo pude preguntar por mi hijo.

—Jesús, ¿cómo está Jesús?

—Él está bien, está con nosotros.

—¿Qué significa eso?

—Jesús la asesinó.

Ese fue el final de mi vida tal y como la conocía, cuando supe que mi Pilar había muerto, sentí como si alguien hubiera triturado todo mi cuerpo parte por parte, hasta hacerlo añicos. Cuando supe que el asesino fue Jesús, fue como si hubieran reunido cada uno de los pedazos de mi alma solo para volverlos a destruir una vez más.

Cuando llegué a la delegación, supe que Jesús había abusado sexualmente de Pilar, la había golpeado hasta el cansancio y finalmente la había apuñalado veinte veces en todo el torso. Después, él llamó a la policía e informó que había encontrado a su hermana "sin moverse", le dieron instrucciones para hacer primeros auxilios en lo que llegaban al lugar, y él decía estarlos haciendo, al final se supo que en ningún momento intentó resucitar a Pilar.

Quería morirme, quería saltar desde el último piso de cualquier edificio alto y acabar con mi vida, quería salir corriendo y que algún vehículo me atropellara, quería dejar de sufrir, pero no podía, aún tenía un hijo y él me necesitaba. Cuando entré a la habitación en dónde estaba, lo primero que hice fue correr a su lado, lo besé y lo abracé, quería saber que estaba bien, que no estaba lastimado o herido. Apenas lo tuve en mis brazos me di cuenta de que él no hacía nada, no me devolvía el abrazo o me decía algo, solo estaba quieto, no mostraba ninguna emoción, solo estaba observándome.

Se sentó y me dijo:

—¿Qué vas a hacer ahora?

—No entiendo…

—Sí, ¿dime qué harás ahora?

—¿A qué te refieres?

—Tú siempre nos decías que la única razón por la que matarías a alguien es si esa persona les hiciera daño a tus hijos. Entonces, ¿qué vas a hacer ahora?

Miré a los ojos de Jesús y me di cuenta de que él no me lo preguntaba por miedo a un regaño o a las consecuencias, él me estaba desafiando. No sé cómo explicarlo, pero ese día fue la primera vez que noté que había algo más en mi hijo, no era rabia o enojo, esto era obscuridad. Empecé a llorar y le dije desde lo más profundo de mi corazón:

—Voy a cumplir con mi promesa, cuando naciste prometí que siempre cuidaría de ti, pase lo que pase, Jesús, mi amor no es condicional.

Jesús, pese a ser un niño aún, tuvo una condena de treinta años, se demostró que había planeado el asesinato con muchos meses de antelación. Yo lo visitaba cada que podía, con el paso del tiempo me di cuenta de que él se había quitado la máscara, ya no fingía tener emociones o asombro, solo se mostraba como realmente era.

—¿Sabes?, había pensado en matarte a ti también.

—¿Por qué?

—Quería verte sufrir, ver cómo reaccionabas.

—¿Y por qué me dejaste viva?

—Si te hubiera matado, solo habrías sufrido por unos instantes. De esta forma el dolor será más duradero.

Jesús era frío, inteligente y muy planificador, sabía lo que hacía, no era alguien que no pudiera identificar el bien o el mal, él sabía completamente lo que estaba haciendo. Mi hijo fue diagnosticado con sociopatía, decían que no se conocía realmente si era algo genético o que lo hubiera desarrollado con el tiempo, pero es lo que tenía, es lo que era.

Jamás sentía remordimiento por sus acciones, no tenía empatía alguna hacia los demás, sus emociones eran demasiado superficiales y demasiado narcisista. Sí, él sentía enojo, tristeza o incluso amor, pero solo en lo que él consideraba importante, nada más. Con el paso del tiempo la gente sabe mi historia y me pregunta por qué aún lo visito, cómo es que no lo odio.

Odio lo que hizo Jesús, pero él no es lo que hizo, mi hijo es un depredador, es como si fuera un jaguar y todos los demás fuéramos siervos para él. Él no lo decidió, sea lo que sea está en su naturaleza y lo único que puedo hacer es entenderlo.

Han pasado veinte años y Jesús fue puesto en libertad condicional por mostrar buena conducta. Yo amo a mi hijo, pero sé que no está listo para estar en libertad, él jamás cambiará lo que es, sé que no se arrepiente de nada y que, de poder hacerlo de nuevo, lo volverá a hacer. Me gustaría estar equivocada, pero sé que esa es la realidad.

LAS MINAS DE SANTA CRUZ

No me gustaba conducir de noche y mucho menos si el trayecto era largo, pero esta vez era especial, Aurora y yo cumpliríamos cuatro años de relación. Nos dirigíamos desde Costa Alta, donde ambos vivimos, hasta Santa Cruz, el pueblo donde ella había crecido. Pasaríamos una semana de vacaciones allá y ella me llevaría a conocer el pueblo y quizá, al fin vería su famosa mina de 300 años de antigüedad de la que tanto hablaba. La idea parecía genial, pero en el transcurso del viaje de siete horas, ella no paraba de hablar y decirme datos que, sin darse cuenta, ya había mencionado antes.

—¿Sabías que Santa Cruz es un pueblo pionero en las creencias del "hombre de silicio"? -me dijo Aurora con intriga.

—No, no creo en esas supersticiones de gente de pueblo —le dije con algo de burla —son historias que inventaron para que los niños se porten bien, solo que los adultos olvidaron decirles que eran solo cuentos.

—El abuelo de mi abuelo estuvo ahí —dijo, algo indignada

—¿El abuelo de tu abuelo? ¿En serio? ¿Hace cuánto fue eso?

—Hace casi 100 años o incluso un poco más, él era medico entonces, estaba designado para cubrir las necesidades de los trabajadores de las minas. Resfriados, intoxicaciones, heridas sufridas en el trabajo, en fin, si lo necesitaban, él estaba ahí. Después nos contó cómo fue que todos estaban seguros de que algo raro pasaba en la mina.

—Solo para aclarar, hace 100 años, la gente, incluso médicos respetados, creían que si alguien presentaba conductas anormales como hablar o escuchar cosas que nadie más podía, si tenían movimientos involuntarios o si balbuceaban sin entender alguna palabra, lo achacaban todo a posesión demoniaca y sus medias de sanación no eran precisamente ortodoxas ni científicas —le contesté con cierto desdén—. Ahora sabemos que esos comportamientos bien podrían ser síntomas de esquizofrenia, ataques de epilepsia o simplemente alguien que quería llamar la atención.

—Ese es tu problema, crees saber todo – respondió ella con ira.

—Lo siento, cuéntame la historia – le pedí tratando de alivianar la tensión creada – esa no me las has contado.

—No tiene caso, siempre eres igual, crees que, porque alguien no cree lo mismo que tú, o si creen en algo que tú no crees, son inferiores a ti y es difícil compartir las ideas con alguien tan hiriente.

Y aquí vamos con tu "siempre", llevamos cuatro años, Aurora; no es un "siempre" y ahora tratas de hacerte la víctima, en fin, esa historia no me la has contado.

Ella solo permaneció en silencio, no era de extrañar, la mayoría de discusiones acababan así, empezábamos hablando civilizadamente y ella, al final, y por alguna razón, se sentía ofendida. Realmente me molestaba su actitud, como si no valorara lo que hacía por ella, como en esta ocasión, que pudiendo pasar unas vacaciones en la playa o en la casa de campo de mis padres, con todas las comodidades, accedí a venir con ella a este pueblo olvidado por el hombre. Eso no importaba, no para Aurora, ella solo veía su propia sombra.

Sin darme cuenta, por estar sumido en mis pensamientos, ella ya había prendido el radio y sintonizado la estación local, se oía la voz de un hombre con un fingido tono misterioso, hablando largo y pausado, como quien cuenta una historia de terror.

—¿Qué estación es esa? —pregunté, queriendo romper el hielo.

—Es una estación que solía escuchar de pequeña, la gente llama para compartir sus vivencias sobrenaturales y cada que terminan sus historias, el locutor pone una canción que haya pedido el narrador – me contestó con voz aún fría – ya te había hablado de eso antes.

—¿Alguna vez llamaste a esa estación?

—Nunca me atreví, soy pésima para contar ese tipo de historias por teléfono.

Y también frente a frente, pensé.

—Vamos cuéntame la historia de tu abuelo, perdón por lo de hace un momento.

—Descuida, también yo me excedí, es solo que lo tomé personal ya que se trata de mi familia —lo dijo ya con su habitual sonrisa.— Mi abuelo nos contó que su abuelo decía que en esa mina todo iba bien, el pueblo crecía gracias a los trabajos que creaba la minería, desde los obreros, administrativos, capataces, choferes, en fin, era el sustento del pueblo; la gente no había visto tanta prosperidad, hasta que, en palabras de mi abuelo, "llegó el demonio", ya que un día, al llegar a cierta profundidad, los mineros decían escuchar ruidos y que eso era…

—¿Ruidos de qué tipo? —interrumpí.

—¡Yo qué sé! Al parecer ruidos que se oían como zumbidos de insectos o algunas veces parecían a llanto de niños, al menos eso era lo que decían. Los hombres, temerosos de los ruidos, no se lo podían explicar más que diciendo que todo era obra del demonio. Mi tatarabuelo, al escuchar esas historias, les explicaba que eso podía deberse a los gases que salían de la tierra o incluso a corrientes de agua, o que los ruidos que escuchaban no eran más que una broma jugada por la mente al respirar estos gases, ya que, cuando llega poco oxígeno al cerebro, las alucinaciones son comunes.

—Muy sabio, pero…

—Aún no acaba la historia —dijo Aurora levantando una mano— los obreros no creían del todo que esos ruidos fueran por los gases y menos cuando, tiempo después, todo empeoró, incluso llegaron a desaparecer obreros, decían que se debía a accidentes de trabajo o que simplemente se iban del pueblo, pero los demás obreros pensaban decían eso para no levantar sospechas y que la gente no entrara en pánico. La verdad es que nadie sabía qué pasaba ahí. En una ocasión hubo un pequeño derrumbe y al retirar los escombros para sacar a un minero que había muerto en el incidente, hallaron los restos de un extraño ser, mi tatarabuelo mencionó que era como un hombre muy alto y extremadamente delgado, con piel parecida a la superficie del cuarzo, es decir, fría, dura, de apariencia de cristal, pero pese a su apariencia, pesaba mucho, necesitaron tres de los hombres más fuertes de la mina para moverlo y sus brazos, que eran anormalmente largos, llegaban hasta sus pies, tenía sólo un orificio por nariz, en vez de dedos, tenía tres afiladas garras y sus ojos eran como los de un reptil, a todos les pareció aterrador. Examinaron el cuerpo y obviamente no era humano, sus órganos eran muy diferentes a cualquier animal que hubieran visto. Los dueños de la mina amenazaron con despedir a los que sabían de eso, si alguno contaba algo de lo sucedido y ya fuera por miedo o por supersticiones, nadie contó nada. Una noche alguien robó el cuerpo de esa criatura y lo quemó. Nadie tomó represalias y al paso del tiempo el tema se olvidó, o por lo menos no se mencionó más.

—¿Y los ruidos cesaron? – pregunté, sin darme cuenta ya estaba envuelto en la historia.

—Tal vez, ya nadie hablaba de eso, muchos mineros renunciaron después de ese incidente y otros tantos, se mudaron, pero la mina seguía activa y las desapariciones seguían. En una ocasión, ya transcurridos los años, cuando mi tatarabuelo ya se había retirado, hubo otro derrumbe en la mina, muchos mineros llegaron al pueblo a pedir ayuda, decían que unos demonios los perseguían, cuando mi tatarabuelo les pidió describirlos, él y otros hombres, supieron de inmediato que esas características eran idénticas al ser que habían encontrado años atrás. Algunos pobladores se armaron con machetes, escopetas, la mayoría con un rosario y agua bendita. Fueron al lugar del derrumbe, al llegar encontraron a tres mineros heridos, uno de ellos, el más estable, mencionó que cuando esa criatura salió, los atacó con sus garras, lograron esquivarlo y solo se llevaron unos rasguños. No había transcurrido tanto tiempo desde que les prestaron atención médica, pero la herida ya se veía muy chamuscada y tenía un olor desagradable, los médicos intentaron ayudar, pero tras apenas unos minutos, los tres mineros murieron. Se escuchó un chillido desgarrador y fue entonces cuando vieron salir a la criatura, nadie podía creer lo que veía, los presentes solo corrieron en dirección contraria al camino del ser, los demás le disparaban, pero esto parecía no frenarlo, esta criatura corrió hacia ellos y después de dar un par de pasos se desplomó en el suelo. Mientras, los pobladores se adentraron a la mina en busca de más mineros para ayudarlos y para ver si había otra criatura, mi tatarabuelo se quedó a examinar a los obreros muertos, él comentaba que los cuerpos ya estaban completamente ennegrecidos y las heridas, en efecto, solo parecían ser unos rasguños.

Los cuerpos de los obreros y el de la criatura, se encontraban en una bodega de la casa de mi tatarabuelo, ahí estarían hasta que las autoridades del municipio, al cual habían solicitado ayuda, acudieran como apoyo, pero al día siguiente, llegaron unos sujetos muy extraños, vestidos elegantemente, con un aire misterioso y acento extranjero, decían ir de parte del gobierno, llevaban una orden de clausura definitiva a la mina, tomaron los cuerpos de los fallecidos y el de la criatura y se disponían a irse cuando algunos pobladores, entre ellos mi tatarabuelo, los detuvieron y pedían una explicación, ellos solo se fueron. Un hombre joven que acompañaba a estos agentes les dijo que esas criaturas eran seres que vivían bajo la superficie y que no eran parecidos a nada de lo que nosotros conociéramos, que su composición orgánica era diferente, lo más notable era que a ellos el oxígeno les hacía lo que a nosotros el metano. Les mencionó todo esto con un tono de voz temeroso, después se retiró casi corriendo para alcanzar a sus compañeros.

—Y la muerte de los hombres, ¿qué la ocasionó o por qué tenían ese aspecto ennegrecido? – pregunté con interés y asombro.

—Nadie sabe, como dije, los cuerpos se los llevaron antes de que pudieran examinarlos y esos extraños no dieron más explicaciones, mi tatarabuelo decía que nunca había visto algo así y nunca lo pudo olvidar.

—Entonces, en ambas ocasiones, lo que mató a esas criaturas fue nuestro oxígeno, ¿verdad? —pregunté, intentando asimilar lo que me había contado, realmente era la primera vez que sentía interés en estas leyendas.

—Probablemente, de acuerdo a lo que vieron los pobladores y a lo que dijo ese joven del gobierno antes de irse, pero supongo que nunca lo sabremos. Ya sé que esa historia suena rara y poco creíble, pero hoy en día nadie se acerca a las minas, incluso los adolescentes, más que un acto de valor, ven el ir a las minas como un acto estúpido – mencionó Aurora.

—Y a todo esto, dime, ¿cuál fue la versión oficial? Supongo que en otros lugares escucharon la noticia.

—Solo se dijo que hubo un derrumbe, que murieron algunos mineros, que la mina ya no era un lugar seguro para trabajar y que por esto fue cerrada. El dueño de la mina se suicidó por las deudas y el lugar fue abandonado de un día para otro, incluso aún hay material y equipo de trabajo ahí, nadie volvió a entrar. – Esto último lo dijo riendo, tal vez al notar que yo me había metido en la historia.

—¿Y las familias de los trabajadores aceptaron la desaparición de los cuerpos de sus seres queridos así, sin más?

—No lo sé, supongo que, por sus mismas supersticiones, decidieron dejarlo así.

—Yo no sé si podría solamente dejar así la desaparición del cuerpo de algún familiar mío. En fin, dime, para creer tu historia, por cierto, muy interesante, ¿alguna prueba de que en realidad haya sucedido? – pregunté ya con mi tono burlón de vuelta.

Ella sólo me miró con coraje, tristeza y decepción, y dijo:

—Eres un idiota – y no habló más.

Noté un letrero viejo al costado del camino que decía "Bienvenidos a Santa Cruz", me había sumergido tanto en la historia de Aurora que no noté que casi habíamos llegado, alcé la vista y divisé desde ahí la chimenea de la mina, sentí un escalofrío recorrer mi cuerpo, tal vez mi subconsciente realmente había creído la historia. Al llegar a la casa de la madre de Aurora, nos recibió en la puerta una señora de unos cuarenta años, alta y delgada, con una de esas sonrisas de comercial, abrazó a Aurora por un largo rato.

—Qué alegría que ya estén aquí, mírate qué hermosa estás, los esperaba desde hace horas, me tenían preocupada.

—Lo siento, mamá, es solo que había mucho tráfico desde la ciudad y después pasamos a cenar a un restaurante, sin darnos cuenta se hizo de noche.

—Y tú, cómo has cambiado – lo decía mientras me abrazaba- incluso por un momento te desconocí.

—Me alegra verla de nuevo, señora Martha, espero no sea una molestia avisar tan de pronto que veníamos, pero no sabíamos qué tan seguro era que pudiéramos venir, así que decidimos avisar hasta estar cerca.

—Descuida, no es molestia, esta es su casa y pueden venir cada vez que quieran, pero por favor, pasen, el cuarto donde se quedarán está listo, mañana podremos hablar de las cosas que han pasado.

La casa era hermosa, era como esas casas campestres antiguas, de ladrillo rojo, amplia, sin muchas ventanas, era una casa vieja, pero todos los muebles, así como aparatos eléctricos eran muy novedosos, la señora tenía muy buen gusto. Acomodamos nuestras maletas en el cuarto que su madre había preparado para nosotros y nos acostamos.

—Este era mi cuarto cuando era pequeña, recuerdo que con ese telescopio observaba las estrellas hasta altas horas de la noche, también tenía muchas muñecas y peluches, pero decidí regalar todos cuando entré a la univer-

sidad, este cuarto y yo, pasamos mucho, era mi escape de
la realidad – su mirada era melancólica.

—¿Qué es lo que más extrañas del pueblo? - pregunté.

—La tranquilidad, el poder salir a altas horas de la
noche solo a caminar, sin miedo a que te asalten, la gente
del pueblo es muy amable y sencilla.

—Tu madre se ve realmente feliz de tenerte aquí- dije
con sinceridad, mientras la rodeaba con el brazo.

—Y yo de verla, cada que me voy la extraño mucho y
me da miedo saber que un día me iré y puede que no la
vuelva a ver, como con papá, no me pude despedir.

El padre de Aurora había muerto hace dos años, cáncer
de próstata, ella no pudo despedirse y era algo que aún le
dolía bastante.

—No pienses en eso, ahora estamos aquí y tienes que
pasártela bien con tu madre, si te ve triste, se pondrá triste,
tienes que mostrar que en serio te alegra venir – dije, tratando de calmarla mientras la abrazaba más fuerte – A
propósito, qué buen gusto tiene tu madre en la decoración
de la casa.

—Sabes cómo hacerme sentir bien, por eso te quiero,
y sí, mi madre tiene un excelente gusto.

—No es de familia, eso seguro. – Dije, plantándole un
ruidoso beso en la mejilla.

—Eres un tonto- dijo Aurora con una gran sonrisa. –
Ahora descansa, mañana estaremos muy activos.

Hubiera preferido estar en la playa en estas vacaciones,
pero esto no era malo, sería divertido, abracé a Aurora y
dormimos profundamente. Despertamos con el ruido de

una licuadora, bajamos y encontramos a la señora Martha con el desayuno ya servido, la saludamos y nos sentamos a comer. El desayuno estaba delicioso, Aurora tampoco había heredado las dotes de cocina de su madre. Hablamos bastante, de la escuela, el trabajo, los chismes del pueblo, hasta que la señora preguntó:

—¿Y para cuándo la boda?

—Aún no planeamos hacerlo, apenas llevamos un año viviendo juntos – contesté, algo incómodo, siempre trataba de evitar el tema, Aurora me lo había sugerido en incontables veces, pero siempre le ponía pretextos, como el dinero o simplemente diciendo que era solo un pedazo de papel.

—Él no cree en el matrimonio- intervino Aurora- dice que es solo un papel y que basta con que él y yo estemos bien, los títulos no importan – parecía que leía mi mente.

—Arturo y yo estuvimos casados por veintisiete años, es algo muy lindo, es presentarse ante la sociedad como pareja, es…

A decir verdad, no sé en qué acabo la plática, solo sé que no les agradó lo que les respondía, pero qué importaba, Aurora y yo estábamos bien y esperaba que su madre no le metiera ideas, si ella y su difunto esposo eran felices siendo casados, qué bien, pero yo no quería eso, ni por el civil ni por la iglesia.

Terminamos de desayunar y subimos a arreglarnos. Aurora me comentó que saldría con su madre unas horas de compras, era tiempo de mujeres y volvería en la tarde. Mientras tanto, yo podría hacer lo que quisiera, accedí, ya habíamos acordado que pasaría las mañanas con su madre.

—Te robaré a mi hija unas horas, quiero estar con ella a solas, si no te molesta, claro.

—Para nada, señora, eso me dará tiempo de explorar el pueblo y luego bombardearlas con preguntas al respecto, les deseo un buen día – le contesté, feliz de poder estar solo un momento.

Se despidieron de mí, hice la limpieza en la habitación, en la cocina y me dispuse a salir a pasear. El pueblo era hermoso, la mayoría de casas eran construcciones antiguas, eran muy pocas las casas que se veían modernas, recordé que Aurora me había comentado que la mayoría de jóvenes de aquí, al llegar a nivel universidad viajaban a alguna ciudad a realizar sus estudios y los jóvenes que no estudiaban, se iban al extranjero en busca de una mejor oportunidad laboral, en ambos casos, generalmente no volvían. Había mucha vegetación, también me interesó la iglesia principal, que por lo que me comentó una señora que estaba ahí, fue construida en el año 1540 por los españoles, me encontré también con un gran lago, con el agua más verde que jamás hubiera visto, definitivamente si alguna persona ebria anduviera por ahí, sería muy fácil que confundiese el agua con pasto y se adentrara en ella.

Ese lugar, pese a ser pequeño, tenía grandes atractivos, seguí caminando mientras fotografiaba escenas del pueblo, mi cámara, un regalo de Aurora por mi cumpleaños anterior, fue un gran detalle.

Llegué a la presidencia del pueblo, era muy pequeña, supuse que en ese lugar no pasarían grandes cosas, pero me llevé una gran sorpresa al acercarme y ver unos papeles pegados en la entrada, todos con las frases: "Se busca" o "Desaparecido". Eran alrededor de sesenta hojas pegadas, hombres y mujeres de entre quince y cuarenta años, todos desaparecidos en aquel pueblo, las fechas de desaparición variaban desde los últimos dos meses, hasta hace hacía veinte años, era una cifra grande. En un pueblo como aquel me parecía demasiado, tal vez fuera por tráfico de órganos, antes había escuchado que muchas bandas iban a pequeños y tranquilos pueblos como ese, apartados de la civilización para raptar a la gente, así era más difícil que prosiguieran las investigaciones.

Ya casi era hora de volver, regresé a la casa y justo a una cuadra de distancia pude ver a Aurora con su madre, pero había alguien más con ellas, era un tipo alto, moreno y fornido, se despidió de ellas con un abrazo que parecía que no quisiera que acabara, les entregó unas bolsas y se fue en dirección opuesta a la mía. No hace falta decir que me molestó, ¿para eso Aurora quería estar sola con su madre? En fin, a veces pasan cosas que a las que es mejor no darles importancia, ya llegaría el momento para hablar de eso.

Entré a la casa, las saludé y les pregunté qué tal estuvo su día, las dos me respondieron casi al mismo tiempo que muy bien, que habían ido a el mercado y después habían ido a visitar a alguien. Me preguntaron cómo me fue y les platiqué todo lo que había hecho, les mostré las fotografías que había tomado, al irlas pasando, llegamos a una fotografía que tomé de los papeles pegados en la presidencia, realmente no sé por qué la saqué.

—Tan sólo imaginar la angustia que deben sentir estas familias al saber que sus seres queridos no regresarán con ellos – dijo con tristeza la señora.

—Ya hace muchos años que lleva desapareciendo la gente, ¿la policía no tiene ninguna pista, no ha habido intervención de la policía estatal? - indagué.

—Se dice que todos ellos tenían algo en común y esto era que antes de su desaparición habían estado cerca de la mina, lo que ahí entra no sale. - respondió la señora, como si se tratara de algo obvio.

—Pero eso no quiere decir que sea por algún monstruo que habite ahí, yo pienso que sí existen unos monstruos, los delincuentes y estos aprovechan que la gente hace expediciones a la mina, que queda muy cerca de la carretera y los secuestran, tal vez por el tráfico de órganos, desafortunadamente en este mundo existen personas que harían temblar hasta el mismo Satanás.

Aurora se acercó, rodeó con el brazo a su madre y le dijo: No gastes saliva, mami, él no cree en nada de eso, aunque tiene un punto al decir que existe gente muy mala allá afuera, el otro día escuché de un joven que asesinó a su madre y a sus hermanos pequeños, todo esto porque según el niño, lo tenían harto.

El que yo no creyera en esas cosas no pareció agradarle mucho a la señora, pero, aun así, no tocó el tema. Comimos, conversamos sobre mi familia, el trabajo, de algunas veces que se llegó a enfermar Aurora, de más chismes del pueblo, de recetas de cocina, la conversación siguió y siguió. Ya era tarde cuando Aurora y yo decidimos salir y pasear los dos solos, caminamos sin rumbo por un largo rato, hacíamos pausas para tomarnos algunas fotos, ella me miró y dijo que me llevaría a un lugar hermoso, la seguí. Caminamos hacia un monte con mucha vegetación, nos adentramos en él, caminamos por un sendero que parecía que nadie usaba, era curioso, pese a no ser más de las seis de la tarde, ya todo se veía muy oscuro. Aurora suspiró, habíamos llegado, era un punto desde donde se veía todo el pueblo, la laguna, la mina, a esa altura el pueblo se veía muy pequeño y el cielo estaba repleto de estrellas, entendí por qué me había llevado ahí.

—Así que aquí es a donde venías a observar las estrellas –noté.

—Sí, es el punto más alto del pueblo y las estrellas se ven mejor desde aquí. -Dijo con una enorme sonrisa.

—Es un lugar muy hermoso, pero se ve algo complicado para bajar. -Me asomé hacia la pendiente bajo nosotros.

—Es por eso que está prohibido subir, - respondió Aurora con picardía- en tiempos de lluvia la tierra se deslava y podría ocurrir un accidente.

—Hoy quise tomar algunas fotos por dentro de la iglesia, me dijeron que también fue un ex convento, me metí como si fuera mi casa y a los pocos minutos un tipo grande me dijo que saliera de ahí, que estaba prohibido entrar, que solamente podría entrar si llenaba una solicitud de recorrido guiado y ahora me dices esto, vaya que tu pueblo tiene muchas restricciones.

—Hace tiempo robaron unos cuadros y otros objetos sacros de la iglesia, desde entonces se volvieron un poco desconfiados.

Mientras me decía eso yo miraba desde ahí la iglesia, pero una luz llamó mi atención, mirando más detenidamente, me di cuenta que era cerca de donde se encontraba la mina.

—Creía que también ahí estaba prohibido entrar.

—Y lo está, pero tal vez sean solo unos chicos tontos queriendo pasar un buen rato, lejos de sus padres.

—Me imagino, se ve tan divertido estar ahí- dije con una sonrisa.

—No me gusta tu sarcasmo, ¿sabes? Por cierto, hoy en el centro me encontré a un viejo amigo, se llama Uriel, te he hablado de él, ¿lo recuerdas?

—¿Tu ex novio? – pregunté al mismo tiempo que recordaba al tipo de la tarde.

—Solo salimos un par de semanas, pero sí, él cambió mucho, ya no es el pequeño Uriel, ya está enorme.

—Creo haberlo visto en la tarde en la entrada de tu casa, sí que era enorme, creí que era el taxista o algo así.

—Si te hubieras acercado los habría presentado, bueno, el punto es, que ahora es locutor de radio, trabaja en la estación que escuchamos la otra noche durante el viaje, no lo hubiera creído, su voz cambio demasiado y usa un seudónimo, pero me dice que le va bien y que su trabajo es muy interesante.

—Apuesto a que sí.

—No tienes que usar siempre el sarcasmo.

—Creí que te gustaba.

—No cuando intento conversar contigo de algo serio.

—¿Algo serio? Estábamos hablando de un programa de radio en donde cuentan fantasías de abducciones, fantasmas y hombres lagarto.

—Estamos hablando de lo que hicimos en el día, solo eso.

—Bueno, perdón, sigue hablando.

—Nos invitó a ir mañana a la estación de radio para escuchar los relatos

—¿Y qué le dijiste?

—Que sí, es un buen plan para que escuches más sobre las cosas del pueblo parecieron interesarte.

—¿En serio? ¿Le dijiste que sí, sin preguntarme? ¿Desde cuándo hacemos las cosas así? Estoy de acuerdo en salir juntos, divertirnos, pero en algo que nos guste a los dos y además con tu ex novio.

—Sabía que te pondrías así, es que siempre es así, tienes que poner pretextos para no hacer lo que me gusta.

—Y ahí vamos con tu "siempre", y no son pretextos, dime que me equivoco.

—Es que no quiero seguir con mi vida así.

—¿Así cómo?

—Peleando a cada momento, no quiero ser de esas parejas en donde terminan odiándose mutuamente y haciéndose daño, teniendo que cuidar lo que dicen para no ofender al otro.

—Tú eres la que se ofende por todo, últimamente es tan difícil estar a tu lado.

—Entonces vete. – Respondió, sin levantar la mirada.

No fue necesario oírlo dos veces, me paré rápidamente, oía que Aurora lloraba y que decía algo, aun así y con cierta dificultad, caminé rápidamente a la casa de su madre, por suerte no había nadie, tomé mis cosas, las llaves del auto y salí, de haber sido un poco más temprano, me hubiera regresado a la ciudad, pero desafortunadamente me encontraba cansado.

Había pensado en ir al hotel del pueblo y pasar la noche ahí, pero si Aurora me buscaba y me llegaba a encontrar, sería un poco bochornoso discutir en un lugar público, así que decidí pasar la noche en mi auto. Conduje hasta la entrada del pueblo, al amanecer me iría de ese lugar olvidado por el hombre, tomé mi celular, tenía muchas llamadas perdidas de Aurora, seguramente al llegar a casa se había llevado una sorpresa al no encontrarme y ahora me llamaba para poder arreglar las cosas, parte de mí quería contestarle y decirle que todo estaría bien, ir a donde estuviera y poder abrazarla, pero no, no tenía que hacerlo, yo no fui el del error, ya había tenido suficiente por esa noche.

Decidí que tenía que distraerme para no pensar más en eso, prendí la radio del auto, la voz que salía desde la bocina era la del ex novio de Aurora, no quería pensar en lo sucedido y justo escuchaba la voz de ese tipo, una persona de su audiencia le hablaba sobre unos duendes con los que según jugaba de niño, ¿en verdad la gente de ahora creía en eso? Estaba pensando en eso cuando el teléfono sonó de nuevo, contesté, era Aurora, por su tono de voz se oía que había llorado mucho.

—¿Podemos hablar? – Su pregunta sonaba más como súplica – Por favor.

—¿De qué, no fuimos ya muy claros?

—Quiero estar bien contigo, vamos, son nuestras vacaciones, se supone que tenemos que estar bien, no así.

—Se supone, pero tú no ayudas mucho a estar bien.

—Vamos a hablar, por favor.

—Está bien, ¿pero en dónde? No quiero que tu madre nos escuche si llegamos a discutir.

—¿En dónde estás?

—Por la salida del pueblo, justo bajo el letrero de bienvenidos.

—Voy para allá, estaré ahí en diez minutos.

En el tiempo que la esperé, me di cuenta de que realmente quería estar bien con ella, sí, somos muy diferentes, pero nos queremos, nos apoyamos, reconozco que mi forma de ser es muy difícil de soportar, pero es que a veces digo cosas sin pensarlo, sin sentirlo, solo se me escapaban las palabras. La verdad es que amaba a Aurora, y pese a pelear constantemente, no podría dejarla, ni ahora, ni nunca. Al verla al llegar, realmente sentí un alivio, todo estaría bien, lo sabía. Ella pareció leer mi pensamiento, sin decir nada se acercó a mí, me dijo que me amaba y me abrazó.

Estuvimos alrededor de una hora sentados en el vehículo conversando de nuestra relación, me disculpé por mi temperamento y ella me perdonó, la buena de Aurora, era siempre tan amable. Nos encontrábamos riendo cuando escuchamos de nuevo la voz de Uriel por la radio, esta vez hablaban sobre extrañas luces que se veían salir de la mina, no pude evitar reír, Aurora y yo, desde donde estábamos, podíamos ver excelentemente hacia las minas y no veíamos ninguna luz.

Tal vez fue mi deseo de impresionar a Aurora o tal vez solo quería demostrar lo equivocado que estaba Uriel, pero decidí que tenía que ir a esos túneles y poner fin a sus tontas creencias, le comenté a Aurora sobre mi idea y se negó rotundamente.

—No podemos ir, aunque no hubiera nada fantasmal o demoniaco, está prohibido por el pueblo y las autoridades entrar ahí, por no decir que es un lugar muy viejo que no ha tenido el mínimo mantenimiento, no solo es peligroso sino también imprudente.

—No pasará nada, solo entraremos, daremos un pequeño recorrido y regresaremos, confía en mí, será divertido.

—También hay coyotes y serpientes, no iremos- dijo Aurora, muy seria.

Aurora había dado por terminada esa discusión, pero yo caminé hacia la mina y ella no tuvo más remedio que seguirme, no había ningún camino marcado, lo cual indicaba que la gente no caminaba mucho por ahí y tampoco había ningún tipo de animal, eso me tranquilizó, caminamos por unos veinte minutos y llegamos a lo que en su día fue una de las entradas a la mina, estaba bloqueada por mucha madera ahora podrida, la aparté toda de una patada, estaba dispuesto a entrar, cuando sentí que Aurora jalaba mi brazo.

—Vámonos, está muy oscuro y podemos caernos. -Se escuchaba asustada.

—La luz de mi celular bastará para poder iluminar nuestro camino.

Ya llegamos hasta aquí, no hay nada raro, tenías razón como siempre, son cosas de pueblo, creencias tontas, ahora vámonos.

—Tengo que tomar algunas fotos o llevarme algún pico o algo de aquí, se supone que el material de trabajo aún está aquí, ¿no?

Ambos entramos a la mina, yo llevaba a Aurora de la mano, ella temblaba y era entendible, ahí dentro hacia bastante frío, seguimos por un camino un poco estrecho. Yo nunca había estado en una mina, pero era algo impresionante, nosotros habíamos entrado por una puerta, pero el camino iba descendiendo y entre más nos adentramos el frío era más punzante, cada cierta distancia se abrían más caminos hacia ambos lados, eso a Aurora le preocupó, me dijo que podíamos perdernos, pero solo habíamos caminado en línea recta, no pasaría nada, muchos de esos caminos estaban bloqueados por piedras, en efecto, se podía ver que ahí había ocurrido un derrumbe. Por fin encontré lo que buscaba, un pico de minero, era una herramienta vieja, pero serviría como un buen recuerdo, lo tomé, y nos disponíamos a salir, Aurora estaba feliz de que por fin saliéramos de ese lugar, me empezó a decir cosas lindas, como que yo era valiente y que le gustaba esa terquedad y determinación cuando me proponía algo.

De pronto escuchamos algo, se oía como un grupo de personas hablando, Aurora y yo fuimos hacia donde creíamos que venía ese ruido, era aún más profundo de donde estábamos, caminamos y llegamos al final de ese camino de descenso, desde ahí se podía ver unos veinte metros hacia abajo, era una especie de habitación circular apenas iluminada por unas antorchas, en el centro de ese recinto se encontraban cerca de veinte personas en círculo, todos vestían túnicas blancas y todos ellos cantaban alguna especie de oración, no podíamos entender aquel idioma o dialecto, sentimos mucho miedo y en silencio retrocedimos, pero al hacerlo una roca se resbaló y el ruido hizo que todos en el círculo detuvieran su canto y voltearan en nuestra dirección, nos vieron.

Tomé de la mano a Aurora, esos sujetos nos habían visto y ya no tenía caso ir sigilosamente, los escuchamos ir tras nosotros, afortunadamente el ruido de sus pisadas aún se oía lejos. Teníamos que salir de ahí, llegar al auto e ir a las autoridades para hablar de lo sucedido, seguimos corriendo lo más rápido que nos permitían la oscuridad y las rocas del suelo, de pronto se empezaron a oír rugidos graves, muy guturales, no eran parecidos a ningún animal que hubiera escuchado, eso me aterrorizó. Aurora tomó con más fuerza mi mano, me dijo que me amaba, que tenía miedo y empezó a llorar.

—Todo estará bien – le dije para tranquilizarla

—¿Qué haremos?

—Por ahora correr y luego…después, nos reiremos de esto.

—Siempre juntos, ¿sí?

—Siempre, no te preocupes, todo saldrá bien.

De la nada, apareció frente a nosotros una de esas personas con túnica blanca, nos sorprendió, de modo que yo tropecé y caí, soltando mi celular y el pico que había recogido, al estar en el piso pude notar algo que antes no, esa persona estaba flotando, se disponía a atacarme, sacó una daga de entre su túnica y se abalanzó sobre mí, pero Aurora con un rápido movimiento recogió el pico que había tirado y se lo clavó por la espalda, atravesando su pecho.

Aquel ser se volvió contra ella pero solo pudo soltar un chillido que nos lastimó los tímpanos y un manotazo antes que impactó en el brazo de Aurora, afortunadamente el golpe apenas y provocó un arañazo, yo me incorporé rápidamente, recogí el celular, que era la única luz con la que disponíamos y vimos un momento más a aquella criatura, seguía revolcándose de dolor, mientras se retorcía, pudimos ver su rostro, era muy pálido, casi blanco, sin nariz y con ojos como de reptil, en cuanto nos recuperamos de la impresión salimos corriendo de ahí.

—Gracias, pensé que esa cosa me mataría.

—Vamos a salir de aquí, juntos -me contestó mientras sonreía, solo ella podía sonreír en una situación así.

Seguimos corriendo unos metros más, pero de pronto Aurora empezó a tambalearse, decía que le empezaba a doler bastante el brazo, de pronto cayó, traté de examinarla con la luz del celular, pero no se veía más que el rasguño que le había provocado aquel ser.

—Me quema bastante, duele, siento un ardor horrible,

me duele la cabeza…

—Vamos, solo aguanta un poco más, pronto saldremos, no podemos quedarnos más aquí.

Aún escuchábamos cómo se acercaban tras de nosotros, no podíamos quedarnos ahí, tenía que sacar a Aurora, no podía dejar que esas cosas llegarán hasta nosotros. Ayudé a Aurora a incorporarse y la apoyé a mi hombro, recargué todo su peso en mí, teníamos que salir, de pronto algo se escuchó por detrás, apenas giré la vista y vi algo tras de nosotros.

Era una criatura exactamente como la que había descrito Aurora en su relato, brazos largos, hasta el piso, piel muy blanca y lisa, como de cuarzo y un rostro aterrador, nos quedamos petrificados, era un ser muy alto y sus ojos nos miraban fijamente, esa bestia nos atacó y de un golpe nos derribó sin esfuerzo, yo aún no asimilaba aquella situación. ¿Cómo podía ser algo así posible y por qué me pasaba a mí? Aurora fue la primera en reaccionar, me tomó de la mano y empezamos a correr como pudimos, corrimos a trompicones, estábamos muy cerca de la salida, pero tropecé y caí de boca en la tierra, la criatura ya estaba casi sobre nosotros, la escuchaba venir por detrás, le pedí a Aurora que me ayudará a pararme, ya casi estábamos afuera, pero ella solo me miró con indiferencia y me soltó la mano.

—Perdóname

Le grité que me ayudara, que no me dejara ahí, que la amaba, que no me dejara solo, pero ella solo siguió su camino, corrió y solo giró la vista para decir una última vez, "lo siento".

Yo no podía pararme, parecía que me había roto el tobillo, me arrastré como pude a la salida, escuchaba a aquella criatura acercarse a mí, ya ni siquiera corría, sabía que me había convertido en una presa fácil. Pude ver la luz del amanecer filtrarse por la salida de la mina, por fin había terminado la noche, estaba a pocos metros de poder salir cuando escuché la voz de Aurora, no era su voz, eran más bien lamentos, pude verla a la distancia, pero fue muy claro, su piel se estaba tiñendo en un tono negrizco como quemado, ella parecía sufrir bastante, pensé con cierta ironía que las historias que contaba su abuelo eran ciertas.

Empecé a sentir cómo era arrastrado nuevamente hacia la mina, una especie de mano muy fría como cristal me sujetaba, traté de gritar, pero el miedo me paralizó por completo, no podía hacer nada más que pensar en el cruel destino me esperaba.

LOS VIAJES DEL ALMA

El día de hoy, hace tres años, murió mi abuelo. Realmente lo quería, él no solo encontré un amigo, sino también un padre, ante la ausencia del mío. A decir verdad, no conservo tantos recuerdos de mi infancia con él, en mi memoria temprana solo puedo recordar que me provocaba un poco de miedo, él siempre daba esa impresión, aunque era algo superficial, el abuelo era un hombre serio y de pocas palabras con los desconocidos.

En este momento me arrepiento de no haber tratado de acercarme un poco antes al abuelo, de no aprender más de él o de pedir su consejo más veces, de salir de viaje o hacer alguna actividad como equipo, cosas típicas de nieto y abuelo, ahora podría decir que pasé más tiempo a su lado. Ahora me encuentro limpiando algunas cosas que él me dejó: revistas, periódicos, monedas, incluso un par de armas, posesiones de más de ochenta años de antigüedad, esa fue la herencia que mi abuelo me dejó al partir.

Para muchos todo esto no sería más que basura, pero para mí, estos objetos conservan un gran valor sentimental, todo esto, sus antigüedades, eran lo más valioso que mi abuelo poseía y es todo un honor para mí, saber que me lo confió, que me eligió como el siguiente guardián de estos tesoros. En verdad extraño a ese viejo loco. Y digo loco, con el mayor respeto y amor, con el anhelo de algún día llegar a ser así de loco, de tener esa locura que ya no se ve hoy día, de esos locos arriesgados, pensantes y, sobre todo, amantes de la vida.

Hace cuatro años yo era solo un crío imprudente, con mis dieciséis años creía que conocía todo de la vida, pensaba que el mundo era mío, que no importaba el mañana.

Uno de esos días tuve una de las mayores decepciones hasta el momento, al saber que mis planes para ese verano se verían cancelados, ya que mis padres habían decidido encomendarme la tarea de ir a pasar todos mis días libres con el abuelo, él estaba enfermo y querían que alguien de confianza estuviera siempre presente y se cerciorara que tomara puntualmente su medicamento. Vivíamos a tan solo unas cuadras, pero el viejo era muy extraño, incluso mi padre no lo frecuentaba mucho, entonces, ¿por qué habría de ir yo a cuidarlo? Es decir, él era su padre, era su obligación, no la mía.

Pero con la excusa de que mis padres tendrían un viaje de negocios muy importante, se fueron sin decir más y me dejaron botado con él.

Estar con mi abuelo era realmente incómodo, me bombardeaba con preguntas de todo tipo, no paraba de hablar de temas triviales e insulsos: de lo mucho que había cambiado desde la última vez que me vio, de cómo mi cabello creció más de lo que a él le parecía aceptable, del cómo cambió mi gusto por la moda y mi forma de vestir, soltaba sermones e improperios sobre la juventud de esa época, no cesaba en comparaciones entre su generación, la de mi padre y la mía, yo solamente asentía por cortesía, pero empezaba a parecerme que el abuelo daba muestras de estar envejeciendo a mayor velocidad de la que mis padres pensaban, comenzaba a cuestionarme su cordura y preguntarme si no sería como en las típicas historias de viejos, donde comienzan a ser seniles y perder capacidades.

En su casa todo era antiguo, desde la arquitectura exterior, típica de caserones de ancianos: todo era un intento de elegancia en el estilo, los techos altos y en pico, las ventanas rectangulares y simples, equidistantes y de marco blanco y sencillo, sin mayor imaginación.

La pintura de las paredes de un marrón claro ya oscurecido por el polvo, pero aún sin parecer gastada, una puerta principal de nogal, excesiva para ese austero hogar, con un picaporte ridículamente pequeño para semejante pedazo de madera, tenía un jardín inexistente a excepción del pasto, casi seco, que mi padre insistía en conservar, pagando a algún chico del vecindario para que lo regara y cortara.

En el interior del caserón, el estilo de austeridad no podía combinar más con el exterior: no había televisión y ni siquiera un radio o tocadiscos, mucho menos internet. Como podrán imaginar, para un chico como yo y sobre todo a esa edad, ese ambiente era sinónimo de un aburrimiento mortal, mi único momento relativamente libre era cuando él salía a hacer su caminata diaria a la que, por supuesto me había invitado, pero a la que siempre recibía una negativa de mi parte.

El tiempo a solas, casi sagrado en esas circunstancias, lo usaba para escuchar música en mi celular, para llamar por teléfono a mi novia y saber cómo estaba, pero, sobre todo, usaba ese tiempo para torturarme pensando en lo genial que pudo haber sido ese verano, en todo lo que tenía planeado y que no pude hacer, en pensar en mis padres disfrutando su viaje a solas, en fin, en buscar culpables de esta desgracia e injusticia que me había sucedido.

Pasaron varios días sin mayor emoción, hasta que una noche después de cenar y tomar su medicamento, el abuelo enfermó, de la nada empezó a toser y vomitar mucho, al principio no supe qué hacer y me preocupé bastante, imaginé los peores escenarios y tras un momento de indecisión, llamé a un médico. Llegó cerca de diez minutos después, aunque con el semblante del abuelo, esa tos profunda y las arcadas que aún se presentaban, esos minutos me parecieron una eternidad. Después de una revisión general y a mi gusto muy superficial, le inyectó un medicamento y me dio órdenes de no dejarlo solo, ya que por su condición podría ponerse mal de un momento a otro, me miró con desconfianza y seguramente pensó lo que yo había pensado esos días: que yo era solo un crío y no era buena idea dejarme a cargo de un anciano.

Curiosamente, al día siguiente habría una fiesta cerca de la casa de mi abuelo, a solo unas casas de distancia, todos mis amigos y mi novia estarían ahí, me había propuesto ir y sorprenderlos a todos, nadie me esperaba y sería divertido caras de sorpresa.

Ese día, mi abuelo se quedó dormido temprano por la debilidad y seguramente a causa del medicamento, al verlo tranquilo en su cama, con el pecho bajando lentamente y casi de manera imperceptible, sentí la seguridad que da la adolescencia, tomé una chaqueta ligera y me encaramé en el marco de la ventana de mi habitación tratando de hacer el menor ruido posible mientras intentaba bajar por la pared, apoyando los pies en el marco de la ventana del piso de abajo, y deteniéndome para escuchar que el abuelo no se hubiera despertado. Así escapé de mi prisión y me dirigí triunfal a mi destino: la famosa fiesta. Era una noche iluminada por la luna. – Seguramente –pensé- ellos sí pudieron salir de vacaciones a quién sabe qué lugar emocionante.

Ese pensamiento me duró muy poco, pues al llegar a la fiesta, el sorprendido fui yo, a la distancia vi a mi novia besarse con mi mejor amigo, sus siluetas fundidas en una sola se reflejaban en la pared que tenían detrás de ellos, ni siquiera tuve ganas de discutir, solamente me aparté en silencio lo más rápido que pude, sin que ellos siquiera notaran mi presencia.

Regresé a la casa dando grandes pasos y aguantando el llanto y el coraje, al abrir la puerta y ver a mi abuelo justo frente a ella, supe que la noche se pondría peor, pero él solo sonrió y me dijo que se alegraba de que estuviera bien. Solté el llanto y por alguna razón, lo abracé. Me preguntó sorprendido el porqué de mis lágrimas, se veía preocupado, pero daba a entender que, si no quería hablar, él lo respetaría y olvidaría ese momento para siempre, al ver la seriedad y preocupación en su rostro, no pude contenerme y le conté lo sucedido, solamente quería sacarlo, quería escupir el coraje y decepción que hervían en mi interior.

Él me escuchó atentamente y cuando terminé el relato me dijo, con una voz calmada y cariñosa, que no debería estar triste, que ella no era la indicada, que era muy joven y ya llegaría otra mujer, mi alma gemela y que debía mantener mi sonrisa para que cuando esa chica llegara, me viera sonreír.

Hablamos por horas, toda la madrugada, me hizo darme cuenta que realmente nunca había tenido una plática así y es que cuando hablaba con mis padres, ellos siempre minimizaban mis problemas, y sí, ahora sé que tal vez no eran problemas realmente grandes, pero en ese tiempo y en esa etapa lo eran para mí, solo quería que alguien me escuchara sin juzgarme, mi abuelo ese día y los que le siguieron, lo hizo.

Al día siguiente, me invitó a su caminata diaria y acepté, caminamos por un rato hasta llegar a una florería, compró unos tulipanes y nos dirigimos a un cementerio, nos adentramos en él y llegamos hasta una tumba muy vieja. Mi abuelo, con mucho cuidado, como intentando no despertar al cuerpo sin vida que descansaba ahí, dejó los tulipanes, se sentó frente a la tumba y como hablando con ella, me presento. Para mí era algo extraño e incómodo, pero supe, por la expresión de mi abuelo, que ese era un momento que él apreciaba mucho y decidí, por respeto, no decir nada y sentarme a su lado. Estuvimos ahí cerca de veinte minutos en silencio, nos levantamos y nos marchamos, fue hasta salir del cementerio cuando me atreví a preguntar de quién era la tumba, no era la de mi abuela, su tumba se encontraba en otro cementerio y era obvio que no era de alguien que yo conociera, la tumba tenía grabado: Leonor. 21 de mayo de 1871.

Él solo sonrió a mi pregunta y no dijo nada hasta llegar a casa, después de un momento. por fin se sentó y me dijo que me contaría una historia fantástica. Me contó que cuando él tenía veinte años de edad, estaba paseando con su madre y en su camino se encontraron a un señor que estaba vendiendo muchas cosas que ya no necesitaba, todas esas cosas eran, en su mayoría, basura o aparatos descompuestos, pero entre todo eso, él había visto una pintura que le llamaba mucho la atención, estaba vieja y desgastada, pero sin alguna razón específica, le gustó mucho. Era el retrato de una chica de unos dieciséis años, era realmente hermosa y sentía una especie de atracción indescriptible que le hizo comprarla, le preguntó al vendedor sobre la precedencia de esa pintura, pero el hombre se limitó a decir que no sabía quién la había pintado y se la vendió a un precio muy bajo.

Esa misma tarde, llegó y colgó su nueva adquisición justo frente a su cama, realmente le gustaba admirarla y pensaba que sería buena idea el despertar y ver tan bella obra de arte. Al llegar a ese punto del relato, me miró y con una alegría reflejada en sus ojos me dijo que esa noche había empezado la magia, que esa noche se soñó en un lugar muy extraño, se encontraba en una casa construida como las casas viejas, pero con la diferencia de que esta se veía relativamente nueva, él salió de la casa y exploró el lugar, dijo que veía a mucha gente, la cual estaba vestida con ropa del tipo que él solo había visto en sus libros de historia.

La gente lo miraba extrañada, ya que él vestía ropa que era diferente a la de todos ellos, siguió explorando y quedó maravillado con todo lo que vio, después de un rato vagando en ese lugar, despertó. Durante ese día no pensó más en el sueño, tenía una sensación reconfortante en el pecho, pero no le dio mayor importancia.

A la noche siguiente, tuvo otro sueño extraño, se encontraba en la misma casa que había soñado la noche anterior, pero esta vez la casa no estaba vacía, en la casa se encontraba la chica de la pintura, al verla quedó maravillado con su belleza, ella era más hermosa en persona que en la pintura, ella al verlo, abrió los ojos en una expresión de miedo y se desmayó.

Él la cuidó hasta que recobró la conciencia, apenas despertó volvió a espantarse y solo después de un momento se tranquilizó. - ¿Quién eres y qué haces en mi casa? – preguntó la chica con miedo y desconfianza en la voz, amenazando con llamar a alguien para que lo sacara si no se iba de inmediato de ahí, resignado, él se fue y estuvo deambulando en aquel lugar hasta que despertó.

Pero, por tercera vez consecutiva, la siguiente noche volvió a soñar que estaba en aquella casa y la escena se repitió por días, pero la parte curiosa era que en el sueño solo la chica parecía recordar a mi abuelo, todos los del pueblo lo olvidaban excepto ella. Lo cual a ambos les parecía extraño. Si bien dice que se acostumbró a soñar con Leonor, como se llamaba aquella muchacha, ella no se acostumbraba al susto que recibía cada vez que llegaba ese hombre misterioso con ropas extrañas.

Al cabo de una semana y después de que la chica se resignara a esta situación, empezaron a entablar conversación, él le decía que no sabía por qué llegaba ahí, que ese era un sueño en donde todo era muy diferente, que todo eso empezó cuando él compró un retrato de ella.

Ella pensaba que estaba loco, pero admitía que había algo raro, no parecía que él estuviera mintiendo y era extraño que solo ella lo recordara, los primeros días, ella les había contado a más personas sobre la visita de aquel hombre a su casa y aunque en varias ocasiones convenció a la gente de buscarlo e incluso llegaron a verlo, al día siguiente nadie recordaba nada que tuviera que ver con él, excepto Leonor.

Ambos se acostumbraron a verse en esas extrañas circunstancias, hablaban de muchas cosas, él le platicaba de cómo era su vida en el lugar de donde venía y ella, asombrada, oía las historias, después lo llevó a conocer el lugar donde ella vivía. En un principio todos los miraban extrañados por la vestimenta de mi abuelo, pero no se preocupaban, al final del día, todo el pueblo olvidaría lo sucedido. Aun así y después de unos días, la chica le consiguió algo de ropa, mi abuelo me contó que, para ese entonces, Leonor esperaba su llegada con ansias cada día. Ellos se llevaban muy bien, a él le gustaba mucho el sentido del humor de Leonor, a diario ella encontraba algo por lo que burlarse de él, la ropa, el acento, la forma de caminar y de comer, era muy observadora. Ambos pasaban muy buenos momentos, mi abuelo supo que esa casa realmente no era de ella, era de unos familiares que estaban de viaje y ella la cuidaba. Al pensar en qué pasaría cuando esos familiares regresaran, ambos empezaron a ponerse tristes, se habían acostumbrado a la presencia del otro.

Leonor le dijo a mi abuelo que tenía diecisiete años de edad y que se encontraba en el año 1870, mi abuelo le contó que vivía en el año 1960, ambos se asombraron de saber que vivían a noventa años de distancia, después eso, incluso les parecía gracioso, él la llamaba abuela de manera burlona y ella comenzó a llamarlo nieto.

Mi abuelo dijo que esos tiempos fueron los mejores de su vida, aunque eso solo estaba en su mente, sus padres, estaban preocupados por su salud, dormía demasiado, incluso diez horas al día y lo más alarmante para ellos era que en ocasiones les contaba sus extraños sueños, esto no hacía sino empeorar su preocupación, porque ellos pensaban que estaba enloqueciendo. Pasaron casi ocho meses y él seguía viendo casi diario a Leonor, para entonces ya había notado que su extraño encuentro solo pasaba cuando él dormía en su habitación con el cuadro frente a su cama.

Uno de esos días, ella le dijo que en una semana llegarían sus familiares y que tendría que regresar a su casa, ambos sintieron un hueco en el pecho al pensar que sus encuentros podrían acabar, pero a mi abuelo se le ocurrió una idea poco convencional, no sabían si funcionaría, pero no tenían nada que perder. Con su poco conocimiento en el arte, él la retrató en un cuadro, mientras ella hacía lo propio con mi abuelo, teniendo la esperanza de que alguno de los dos cuadros, el de él o el de ella, pudieran servir como una especie de puerta para que ella se transportara hacia él cuando durmiera o él fuera hacia ella cuando regresara a su casa.

Mi abuelo me platicó que el cuadro que él pinto era hermoso, pese a que nunca había pintado nada en su vida, era idéntico al que había comprado, sin darse cuenta de momento, supo que había pintado el cuadro que, años después, él mismo compraría. Pasó la semana y para sorpresa de los dos, se siguieron viendo. En ese punto de la historia, yo tenía muchas dudas, la primera y era, ¿qué le había pasado al cuadro?, pero, al preguntarle a mi abuelo, dijo que después me contaría eso, y por mucho tiempo evadió esa pregunta. Otra duda que tenía era que, si eso habría sido cierto, entonces tenía que existir el cuadro de mi abuelo pintado por Leonor.

El tiempo que quedaba de mis vacaciones me la pasé genial con mi abuelo, yo no le creía del todo sus relatos, pero sabía que algo había de verdad. Quizá él en su mente había creado esa fascinante historia para afrontar su soledad, pero aun así escuchaba con gran emoción sus relatos, realmente lo extrañé cuando tuve que regresar a casa. Al volver al colegio, decidí que cada fin de semana iría a ver a mi abuelo, me sentía muy a gusto con él, pasábamos horas hablando, él me escuchaba, ponía atención a lo que le contaba: mis problemas amorosos, mis estudios, e incluso problemas con mis padres.

Cada que lo visitaba íbamos a la tumba de Leonor y le llevábamos sus tulipanes, yo le dije a mi abuelo que era un lindo gesto llevarle esas flores, él me dijo que en realidad ella era alérgica a ese tipo de flores y que por eso las llevaba, me decía que se vengaba de todas las bromas que ella le llegó a hacer. Cada fin de semana que pasaba con el abuelo, me contaba anécdotas que había vivido al lado de la chica de la pintura y es que por un año se habían visto casi diario y en ese año habían hecho muchísimas cosas juntos, y sí, ambos se habían enamorado.

Yo le pregunté, con algo de pena, por qué entonces se había casado con mi abuela y me respondió que mi abuela era su amor verdadero, pero que Leonor era el amor de su vida, que el primero es con quien puedes pasar toda tu vida y que el segundo es, tal vez, alguien con quien solo llegues a estar muy poco tiempo, pero que la amarías más que a nadie, por siempre. Yo, a la fecha, no entiendo a qué se refería, pero esa fue su respuesta.

Después de un tiempo, me decidí a preguntarle al abuelo el final de la historia, me dijo que casi al año de esos sucesos tuvieron una noticia muy desagradable, ella se tendría que casar con un tipo que no conocía, él llegaría en unas semanas de España y se casarían, era un matrimonio arreglado y ellos no sabían qué hacer, la boda sería el 25 de mayo y les quedaban solo treinta días. Pero ellos solo se vieron por cinco días más, ya que la madre de mi abuelo, preocupada por su salud, decidió deshacerse del cuadro, por ello nunca más la volvió a ver.

Con un semblante muy decaído, me contó que estuvo años en depresión y fue solo hasta siete años después que reencontró el amor en mi abuela, se casaron cuando él cumplió los treinta, y dos años después, nació mi padre. Pese a que nunca habló con nadie del tema, se decidió a investigar todo lo sucedido en ese año, 1871, le deprimió bastante al saber que Leonor se había suicidado el 19 de mayo de ese año, ella había decidido matarse antes que casarse con alguien a quien no amaba.

Él compró una casa en este pueblo porque, según decía, era muy buen lugar para trabajar, la verdad era que en este pueblo estaba la tumba de su amada, quería estar cerca de ella. Mi abuelo en algún momento le platicó todo esto a mi padre, pero él solo lo tomaba de loco y nunca había hablado de esto con nadie más, hasta ahora, conmigo.

Le pregunté cómo le hizo para poder seguir adelante, para no caer, a lo que respondió que no tenía opción, que sabía que se encontraría de nuevo con ella en algún momento y que tenía que sonreír, porque si dejaba de sonreír, no tendría el valor de mirarla a la cara. Poco después de esa platica, mi abuelo murió, su muerte me dolió bastante, pero seguí adelante como él me enseñó.

Después de su funeral, mi padre habló conmigo, me dijo que apreciaba mucho la unión que había tenido con el abuelo esos últimos meses y me reveló que el abuelo padecía esquizofrenia, que de chico había tenido un cuadro y que este afectó su salud mental, que la bisabuela, preocupada, le quitó el cuadro y le dijo al abuelo que lo había quemado. En realidad, no se atrevió a hacerlo y lo conservó, ese cuadro se lo entregó a mi padre cuando tenía justo mi edad, pero con la condición de que no se lo diera a mi abuelo, porque podría afectarlo de nuevo.

Me quedé sin palabras mientras escuchaba a mi padre, sentía el corazón latiendo con fuerza y no supe qué creer, las palabras de mi padre y de mi abuelo se entremezclaban en mi mente y nublaban mi razonamiento. El maldito cuadro sí existió y ahora era mío.

Decidí enmarcarlo junto con una fotografía de mi abuelo en su juventud, lo puse en mi habitación y no, nunca soñé con ninguno de los dos, pero me gustaba que estuvieran ahí. Cómo extraño a ese viejo loco…

Desde entonces hasta ahora, he aumentado la colección de cosas antiguas, en esta época, con internet es más fácil comprar, un solo clic y esperas cómodamente en casa a que tu pedido llegue. Justo ahora estoy a punto de recibir un cuadro que gané en una subasta. Al ver la pintura datada en 1810, no puedo evitar que las lágrimas cayeran por mi rostro, lágrimas de felicidad, y es que en el cuadro recién llegado estoy viendo a mi abuelo y a Leonor, sonriendo, finalmente están juntos.

CRUEL INVIERNO

Es bien conocido que, en esta parte del país, cada invierno muchos vagabundos mueren por el frío, son meses de temperaturas muy bajas y lluvias torrenciales y nosotros, los que no tenemos hogar, estamos a la deriva y tenemos que luchar por sobrevivir con lo poco que tenemos en las manos.

Comer en esta época es muy difícil, las iglesias están llenas y tenemos que formarnos por horas para recibir una ración de alimento y al ser tantos, nada nos garantiza obtener algo, a veces podemos conseguir un poco de comida de algunos establecimientos, pero sobre todo de la basura, si uno busca bien. Muy rara vez las personas nos dan un poco de caridad, pero ahora con este clima casi nadie sale a pie.

Todos los años hay bastantes personas sin techo que aparecen muertos por hambre o por frío, personas que encuentran fin a una vida llena de miseria, pero estos últimos años han sido peores, muertos y desapariciones, pero nadie lo nota. Eso es lo que somos, un rostro desconocido y no importa si falta uno o cien, pero yo que conozco estas calles y a sus moradores, puedo notar este patrón en aumento y no soy el único. Estas desapariciones son algo muy triste, por lo general son personas sin familia, así que nadie reclama ante la policía y nosotros, al no contar con una identificación, no podemos poner una denuncia oficial y, por lo tanto, el crimen o lo que sea que ocurriera, nunca pasó.

Comencé a notar que estos sucesos venían pasando desde hace poco más de cuatro años, muchas cosas se hablaban al respecto en las calles, desde que los desaparecidos simplemente sabiendo que llegaría el invierno, se iban de la ciudad a un lugar mejor, hasta que algún tipo de fuerza mística los hacia desaparecer, se escuchaban muchos relatos, unos más imposibles que los otros, yo no creía ninguno, a final de cuentas quienes decían estas historias eran personas que no estaban nada estables en ningún sentido.

Hoy en la iglesia nos dijeron que esta noche tuviéramos más cuidado, que tratáramos de refugiarnos y que nos abrigáramos mucho, se esperaba una noche muy fría. Yo vivía en un edifico abandonado junto con otros tres compañeros, pese a que el edificio era demasiado viejo, era un buen hogar para nosotros, así que no nos preocupamos.

Desperté aún de noche y se me hizo muy raro no escuchar absolutamente nada, habían pronosticado lluvia y bastante viento para esta noche, no solo eso, no se escuchaba siquiera el chillido habitual de las ratas que habitaban con nosotros la casa. Sentí un miedo indescriptible y, sin aparente razón, me puse alerta y de la nada un recuerdo vino a mí: era de cuando era pequeño, cuando tenía una familia, me vi sonreír y jugar con otros niños, seguramente primos o vecinos; mis padres y otros adultos se encuentran en el comedor haciendo sobremesa, platicando y riendo a carcajadas, nosotros corremos por toda la casa y salimos al jardín, el olor a tierra mojada inunda mi nariz, veo un balón de fútbol y quiero patearlo, corro hasta él y lo pateo con todas mis fuerzas, resbalo y de pronto empiezo a sentir cómo caigo en el lodo, mi madre viene corriendo hacia mí, ella me abraza, puedo oler su perfume, apenas distingo su rostro, las lágrimas me dificultan la visión, pero sé que todo estará bien, estando en esta ensoñación escucho un ruido que me hace volver a la realidad.

En la pared, justo a mi costado, escucho un ruido, me quedo inmóvil esperando, quiero llamar a mis amigos, pero esto delataría mi posición.

Sé que hay alguien ahí, lo puedo sentir, escucho sus pisadas y un silbido agudo, de nuevo ese ruido en la pared; entonces lo puedo ver con claridad, es un hombre muy alto y fornido que está frente a mí, me mira y sonríe, puedo ver sus ojos vacíos sin expresión y una sonrisa perturbadora, me recuerda a un niño en un zoológico. Me mira con una mezcla de asombro y diversión. Estoy aterrado, en su mano tiene un cuchillo, me doy cuenta que el ruido que sonaba en la pared era el roce de esta arma, confirmando mi teoría, el hombre arrastra su cuchillo una vez más contra la pared solo para ver mi reacción. Salí corriendo, esa persona no hizo nada para impedirlo, con su estatura y por su complexión supe que, de haber querido, me habría alcanzado fácilmente, pero no fue así. Corrí sin detenerme hasta llegar a la iglesia.

Al amanecer, un ayudante del padre me acompañó al

edificio para ver si mis compañeros estaban ahí, después de todo, en mi historia no decía nada de ellos, pero al llegar ninguno se encontraba, las marcas del cuchillo sí estaban. Fuimos a la policía y conté lo sucedido, no me creyeron e incluso me preguntaron, en tono incrédulo y burlón, si estaba drogado. El sacristán me llevó de vuelta a la iglesia donde me alimentaron, dijeron que seguramente mis compañeros se habrían ido a un lugar más caliente, el edificio donde solíamos dormir sería demolido en unas semanas y seguramente ellos ya estarían buscando un nuevo hogar. Yo no sabía sobre la demolición del edificio, pero una cosa era segura, ellos no se habrían ido sin sus cosas, aunque solo fueran un par de cobijas, unas viejas revistas y algunas prendas, esas pertenencias eran muy valiosas como para dejarlas.

Sabía que algo les había pasado, a pesar de todo, se me hacía muy difícil de creer que solo se hubieran ido, la persona que vi tenía un cuchillo, pero no había sangre y cuando huía no escuché ni un grito o algún tipo de forcejeo, empezaba a preocuparme por mi salud mental. Quizá pensar tanto no resolvería nada, me di cuenta que debía hacer lo único que podía, lo que me había mantenido vivo por años: preocuparme por mí mismo. Dejé la iglesia y me dirigí a un establecimiento en donde solían darme las sobras del día como alimento, entré al lugar, saludé a los comensales, algunos me devolvieron el saludo, otros más me miraron con asco, esperé mientras el dueño del local me traía el alimento. Entonces lo volví a escuchar, primero ese silbido, después el sonido del cuchillo vibrando contra la pared, giré para ver de dónde venía el sonido, pero no vi a nadie.

La gente me miraba extrañada y yo a ellos, preguntándome si habían escuchado aquel sonido, aquel silbido tan penetrante y ese raspar del cuchillo tan desgarrador. Salí de ahí lo más rápido que pude, tropezando con un par de personas en mi camino, me quedé en la acera tapando mis oídos con los puños, llorando, deseando que esta tortura acabara, ahora sabía que estaba enloqueciendo, había visto en mis compañeros lo que la locura podía hacer y me invadió una profunda angustia al saber que yo acabaría así.

Me dirigí al edificio, pensando que todo lo que había pasado era producto de mi mente, me recosté y empecé a dormir, a cada hora el frío aumentaba y además escuchaba el sonido del cuchillo chocando contra la pared, aquel silbido resonaba más y más fuerte en mi cabeza, empecé a creer que tal vez aquel hombre era la muerte que venía por mí, estaba esperando la hora de irme y rendirle cuentas.

Estaba asimilando que yo sería el siguiente vagabundo en desaparecer, pero aun así el miedo no desaparecía y el frío se sentía cada vez más, lo sentía en mi piel, en mis huesos, de pronto otro recuerdo vino a mí, llegó tan rápido como el anterior, era de cuando era pequeño, me veo sonreír y botar un balón, correr por una calle hasta los brazos de mi madre, puedo escuchar su voz llamándome, un sonido más cruza mi mente, el silbido…

TRISTEZA, CASI VENCEDORA

Siento el aire frío correr por mi piel, ahora que estoy aquí, me pregunto si estaré tomando una decisión correcta o si incluso esta, que podría ser mi última, es errónea.

Hace unos días compré un arma, un arma sencilla, de bajo calibre, pero el suficiente para terminar con mi patética vida, me pregunto si tendré el valor de jalar el gatillo, los minutos pasan, la oscuridad se hace mi amiga, debo irme.

¿Cuántas veces he pensado en terminar con mi vida? A diario me imagino dejándome caer a las vías del metro, aventándome del edifico donde trabajo, fingiendo un asalto solo para que me disparen en el acto, vaya que soy creativo cuando se trata de pensar en cómo moriría, y si no lo hago, es solo por falta de valor. No encuentro motivo alguno para seguir.

Soy huérfano, desde los dieciocho años tuve que valerme por mí mismo y enfrentar esta vida, pronto aprendí que es dura y que no perdona a nadie, cuando se es huérfano y creces en un lugar como en el que yo crecí, aprendes a desconfiar de todos. No fue hasta los treinta y dos años, que conocí a quien creí que sería la compañera de mi vida. Por un tiempo todo fue bueno, o mejor dicho no era malo, tenía compañía, pero más pronto que tarde, entendí que ella solo estaba conmigo por lo que podía ofrecer: estabilidad financiera, es que es el único aspecto en el que mi vida va relativamente bien y eso parecía agradarle. Así pues, mientras yo trabajaba, ella aprovechaba para salir con su amante diez años más joven y darse la vida que nunca pudo de adolescente, lo más irónico es que yo, aun sabiendo esto, no me atrevía a hacer nada para cambiarlo, el solo hecho de enfrentarla, de decirle que sabía de su amorío, de terminar la relación, era impensable. Significaría entonces yo habría fracasado en la única cosa en la que sentía que había tenido un triunfo, así que solo lo dejaba pasar y me sentía culpable después.

Había días en los que salía y caminaba por horas sin rumbo alguno, esperando que el tiempo pasara, que el final del día estuviera cerca, me perdía entre la multitud y, a veces, incluso lloraba, nadie lo notaba, siempre fui invisible ante los demás y eso me gustaba.

Ahora camino por la avenida principal, quisiera correr hacia la carretera y dejar que un automóvil me arrolle, no puedo evitar reír al pensar en la escena, entonces veo que, de un auto en movimiento, le avientan algo a una chica, decido ayudar.

II

Aún recuerdo cuando era niña, siempre con mi mente en las nubes, soñando que era una modelo muy atractiva y famosa, siendo una cantante pop conocida por todo el mundo, cantando y alegrando a todas las personas, a veces, incluso llegaba a imaginarme siendo astronauta, varias veces miraba desde mi ventana las estrellas y me imaginaba cómo se vería mi casa desde allá, desde las estrellas. Vaya que tenía sueños, incluso ahora los tengo, pero ahora son un poco diferentes, sueño en una vida diferente a la mía, veo a una mujer con una vida normal, con una familia normal y eso para mí es la felicidad, no me imagino algo, eso sería suficiente.

Cuando tenía doce años, mi madre enfermó gravemente y tuve que trabajar para poder ayudar a comprar sus medicamentos y aportar en los gastos de la casa, pero lo poco que ganaba no era de gran ayuda, mi entonces jefe me propuso algo, yo lo ayudaría a sentirse mejor y él me ayudaría con un poco más de dinero, así empezó todo.

Con el tiempo me di cuenta de que, si quería ayudar a mi madre con los gastos, ese tipo de momentos desagradables tenían que repetirse. Poco a poco ella mejoró, pero mi estabilidad mental estaba mal, llegó el día en el que mi madre supo cómo obtenía el dinero y me corrió de su casa. No tenía a dónde ir y no sabía qué hacer, no tenía amigos, y fue así como, por una y otra decisión, llegué a este punto.

En esta etapa de mi vida es más difícil poder sobrevivir, para esta profesión ya estoy algo pasada de edad, las personas vienen por chicas jóvenes y tengo que conformarme con los hombres que vengan a mí, a veces recibo golpes y humillaciones, pero de un modo u otro, tengo que vivir.

Lo peor de todo es soportar cómo me miran las demás personas, como si yo fuera basura, hacen gestos e incluso llegan a escupirme en la cara o golpearme. Ahora prefiero tener la vista agachada, las mujeres me ven como lo peor de la sociedad, hablan entre ellas y se ríen, los hombres me ven como un bulto de carne, me pregunto si sabrán que también siento, que pienso, pero eso no les importa.

La noche ha sido larga y ahora me dirijo a mi casa, un viejo vecindario en donde vivimos mujeres como yo, ahí me espera una golpiza por no haber conseguido la cuota del día, no importa, ya es algo normal y puedo soportarlo. Un automóvil pasa muy cerca de mí y me avienta un recipiente lleno de una bebida, no es la primera vez, pero esta ocasión una persona se acerca, me empieza a ayudar a limpiarme, le pido que no lo haga, no es necesario, muchas veces las personas se acercan a mí e intentan hablar, al principio son tiernos, pero después salen a relucir sus intenciones. Prefiero alejarme, por hoy he terminado mi turno, pero este hombre insiste, por un momento nuestras miradas se entrelazan y puedo verme reflejada en sus ojos, solo por un instante. Acepto su ayuda y después él, amablemente, me deja su abrigo para que, según sus palabras, no tomara un resfriado.

Diciendo esto, se aleja y se pierde entre las calles.

III

Después de cruzarme con aquella mujer, una sonrisa brotó en mí, por un momento sentí que dejé de ser invisible, es algo patético ya que no hice más que darle mi abrigo y ayudarle a limpiarse la cara, pero me hizo sentir bien.

Me empiezo a preguntar cómo será su vida, cómo se llamará, cuántos años tendrá, ¿le gustará lo que hace? Es obvio que es prostituta, pero sé que a veces no están en ese oficio por gusto, me pregunto cuál será su razón. De pronto me empiezo a sentir mal por ella, ese es mi maldito problema, pienso mucho en cosas imposibles, apenas crucé mirada con ella, unas cuantas palabras, no más que un: "Disculpa, no hay problema, quédatelo" y ya estoy pensando en ella y en su vida, eso está mal, pero por otro lado no es algo que suela hacer.

Llego a casa y mis pensamientos se esfuman, mi mujer,

si aún puedo llamarla así, está en la habitación riendo por algo que ve en la televisión, al verme entrar deja de reír y me empieza a reclamar por no haber pagado la renta a tiempo, claro que lo había hecho, le había dejado dinero para pagarla, pero ella me recrimina que eso era para sus gastos personales. ¡Joder! ¿Qué gastos personales pueden ascender al monto de la renta? Pero no tengo el valor de recriminarle, no puedo, así que simplemente me callo y decido acostarme a dormir.

IV

Apenas empieza el día y ya me está yendo muy mal, acabo de estar con un viejo alcohólico que se negó a pagarme completo, pero, ¿qué puedo hacer?, ¿ir con la policía? Solo puedo conformarme con lo que tengo, hay personas a las que les tocó una buena vida y hay gente como yo.

Agacho la mirada, solo eso puedo hacer, una persona se acerca y lo reconozco, es el tipo de la noche anterior, espero que él me recuerde. Saco de mi mochila su abrigo, estiro indecisa la mano, como si esto fuera suficiente señal de que era yo a quien había ayudado. ¿Y si no me recordaba? ¿Y si ya no quería su abrigo porque yo lo había ensuciado?

Ahora que estaba a unos pasos de mí, pensé que por lo menos debí haberlo lavado, me empecé a sentir completamente estúpida. Él se acercó sonriendo y me preguntó si podía brindarle mis servicios. Entonces, después de todo, era igual a los demás.

V

No pude dormir en toda la noche, me siento un tonto, no he hecho nada de mi vida, cada día al verme al espejo, me avergüenzo; me da tristeza, no puedo sostener mi propia mirada, me llena de impotencia saber que el hombre que soy ahora, decepcionaría al niño que una vez fui. Pienso en aquella mujer que conocí, quizá mi vida no era tan mala, quizá hay personas a quienes les va peor, quizá a ella le iba peor y, aun así, sonrió y fue amable conmigo, me vio cuando yo era invisible.

Lo pensé mucho y lo decidí, al día siguiente trataría de buscarla. Al salir del trabajo me dirigí a donde la había visto la noche anterior, ahí estaba, la observé un rato antes de acercarme. ¿Y si no se acordaba de mí, o si pensaba que era raro que alguien le hablara? Por supuesto que no, era parte de su trabajo ver gente acercándose a ella o que le hablaran.

En cuanto pensé eso, me sentí como un verdadero idiota, como un prejuicioso, me di cuenta enseguida de lo mal que estaba, decidí que no debería ir. De pronto pensé que eso era lo que me detenía en la vida, yo mismo. Tenía que hablarle, no perdía nada, no ganaba nada, no sabía qué le diría, pero lo haría, le hablaría, así que me acerqué.

Se veía realmente hermosa, no recuerdo haber visto a alguien tan linda, me sentí atraído por ella, no de una forma sexual, era algo que no podría describir. Ella me vio y estiró la mano, ofreciéndome mi abrigo, yo solo pude sonreír, estaba en shock. No sabía qué decir, así que dije lo que se me vino a la mente, le pregunté si me podía dar sus servicios, al ver su mirada, en seguida me arrepentí por lo estúpido que sonó eso.

VI

Estaba un poco decepcionada, pero accedí, de pronto no resultaba mal la idea de estar con él en lugar de estar con algún borracho, de cualquier manera, era trabajo. Nos dirigimos en silencio hasta un hotel cercano, ahí nos sentamos en la cama de la habitación, se veía muy tímido, pensé que sería su primera vez, así que tomé la iniciativa y empecé a quitarme la ropa, él me detuvo, me dijo que solo quería hablar, sacó dinero de su cartera, lo puso en la cama y me pidió que solo habláramos.

No era la primera vez que pasaba algo así, a veces venían a mí personas solo para hablar de sus esposas, de su vida, de su trabajo, esperaban que yo los animara, pero nunca fui buena en eso. Después de un rato se desesperaban y acababan usándome para lo que la mayoría, pero esta vez era diferente, yo estaba feliz de que él hubiera tomado esa decisión y claro que quería hablar, pero no sabía qué decir.

VII

Ella pareció ofenderse por mi pregunta, aun así, me tomó de la mano y me llevó hasta un hotel. Yo estaba desconcertado, no quería acostarme con ella, solo quería pasar un poco de tiempo a su lado, poder guardarla en mis recuerdos, pero de decirle eso, sonaría raro y se alejaría, así que la seguí al hotel sin decir palabra. Llegamos y ella empezó a quitarse la ropa, no pude dejar que eso continuara, la detuve y le pedí que habláramos, pude ver una pequeña sonrisa en su rostro, saqué dinero para que no pensara que le había quitado su tiempo y lo dejé en la cama, tomé un poco de distancia y le pedí que habláramos. Ella estaba muy seria así que empecé a hablar, para romper el hielo. Hablamos del clima, de cómo había cambiado la ciudad en estos años, ella me dijo que no era de ahí, no pregunté de dónde era, pero me lo dijo de todos modos, había sufrido mucho de chica, le conté que de chico era un gran soñador, me animé a platicarle cuáles eran mis planes y cómo habían cambiado. Sus sueños eran grandes y puros, se apenaba de decirlos en voz alta y yo los escuchaba con admiración, estaba seguro de que podría cumplirlos, si quisiera, y se lo hice saber. De alguna forma, al hablar con ella, me sentía otra persona, me sentía fuerte.

VIII

Él empezó la plática, hablaba de cosas que no tenían conexión, se notaba nervioso. No me di cuenta en qué momento empecé a platicarle de mí y de pronto acabé por contarle de mi infancia y de mis sueños, él me contó los suyos, me platicó que tenía una esposa, que no podía dejarla porque era un cobarde. Yo no lo veía así, había conocido a muchos cobardes y él no lo era, quizá fuera la impresión que me daba, pero al hablar con él me sentía segura de que todo cuanto quisiera en la vida, podría lograrlo.

Hablamos por horas, hasta que ambos nos quedamos dormidos, al despertar solo nos reímos por la situación. Él tenía que ir a trabajar, así que nos despedimos, yo no quería hacerlo, pero había tenido una especie de revelación y tenía algunas cosas que hacer, hace tiempo guardaba dinero para cuando no pudiera trabajar de esto, ahora haría buen uso de ese dinero y regresaría a mi lugar de origen, no sabía lo que me esperaba, pero tenía que buscar otra forma de vivir. Me sentía más fuerte que nunca, tenía muchas cosas que hacer. Me sentí feliz por haber tenido esa noche perfecta, le di un beso en la mejilla, él me abrazó y me transmitió tanta calidez y paz, que supe que estaría bien por el resto de mi vida, con una sonrisa en los labios, nos despedimos.

IX

Al despertar me encontré con ella mirándome, tenía mucho tiempo que no dormía tan bien, y eso, considerando que me quedé dormido en una posición verdaderamente incómoda. Vi la hora y ya era muy tarde, tenía que irme, normalmente a esa hora tendría que correr para llegar al trabajo, pero no esta vez. La noche anterior había reunido el valor suficiente y por fin decidí terminar las cosas con mi esposa, ella estaría furiosa y yo tomaría eso como ventaja. Me despedí de mi nueva amiga, le dije que tenía que ir a trabajar, no le conté de mis planes de separarme, no quería que se sintiera culpable de lo que había decidido. Ella me besó en la mejilla y yo solo pude abrazarla fuertemente, me sentía bien. Me costó trabajo, pero pude decirle adiós, sabía que jamás la olvidaría.

"Por un instante vi mi vida reflejada en los ojos de alguien más,

nunca tuve confianza en mí, pero ahora cada que sienta que no puedo más, tengo que recordar que hay alguien más luchando en alguna parte y que, al igual que esa persona, tengo que luchar por mis sueños. Así, si algún día nos volvemos a ver, podremos vernos sin culpa ni remordimiento, con una sonrisa en la cara y paz en la mente, mientras tanto, siempre tendrá un lugar en mi mutilado corazón".

SIEMPRE TE AMARÉ

¿Hacemos locuras por amor o el amor, en sí, es una locura?

Conocí a Gabriel en la universidad, apenas lo vi y me pareció atractivo, media 1.90, nariz recta, una sonrisa perfecta y unos rizos como de comercial. También era inteligente y con muy buenos modales, no tardamos mucho en ser amigos y después, novios. Éramos la pareja perfecta en la universidad, ambos con notas sobresalientes y carismáticos.

Cuando nos graduamos, buscamos empleo, fue una suerte que pudiéramos trabajar en el mismo lugar. Eso ayudó a conocernos aún más, no solo como novios, en otro medio más que el escolar. Pasó un año y decidimos vivir juntos. Muchos decían que eso arruinaría la relación, que ver a tu pareja en casa y en el trabajo, hacen de la vida algo difícil de llevar, pero a nosotros nos agradaba, amábamos estar juntos, siempre competíamos para ver quién tenía mejores resultados.

Claro que había problemas en la relación, pero siempre los afrontábamos y nos fortalecía, siempre consideré mi relación, algo perfecto.

El día de nuestro aniversario fuimos a celebrar a un restaurante que recién habían inaugurado, bebimos champagne, bailamos, hablamos sobre todo lo que nos había llevado hasta esa noche, fuimos felices. Pero, camino a casa, todo cambió. Un autobús se había quedado sin frenos y se estrelló contra nuestro auto, yo apenas había salido con algunos rasguños, pero Gabriel murió en el acto.

En el funeral no entendía lo que estaba pasando, no entendía porque Gabriel estaba acostado en esa caja fría, no entendía por qué le aventaban tierra encima, no entendía por qué todos lloraban, no entendía por qué me había dejado. Empecé a llorar como nunca en mi vida. Cuando llegué a casa, me di cuenta de que estaba sola por primera vez en años, siempre había estado con Gabriel, pero ya no, no sabía qué hacer, no quería hacer nada, solo me senté y empecé a abrazar una de sus chamarras que estaba cerca, siempre discutíamos por eso, dejaba su ropa por cualquier lado y ahora aquí estoy, abrazando y oliendo una prenda de alguien, que murió.

Al despertar, aún seguía en el comedor abrazando la chamarra, me había quedado dormida, recordé el sueño y empecé a llorar…

En mi sueño, Gabriel estaba en un lugar oscuro y temblaba, tenía frío y me pedía ayuda, se lanzaba a mis brazos, pero apenas estaba a punto de poder abrazarlo, se desvanecía en la oscuridad y yo, despertaba.

Apenas había pasado un día y no quería seguir viviendo así, la pérdida de Gabriel era insoportable, no dejaba de llorar, de maldecir al tipo del autobús, a mí misma por haber salido tan tarde aquella noche, a Dios, a la vida.

No comía, todo me daba asco, solo quería dejar de sentir, no sufrir más, me quedé sentada viendo fotos mías con Gabriel hasta que dormí, esa noche volví a tener el mismo sueño, pero esta vez, Gabriel se notaba aún más desesperado por ayuda, él me suplicaba que hiciera algo y hacía hincapié en que solo yo podía ayudarlo. No podía dejar de pensar en esos sueños, eran tan reales, sentía la necesidad de volver a ver a Gabriel, de tomar su mano, de arroparlo con mis brazos, de estar junto a él, esa noche tomé una decisión.

La luz de la luna brillaba de tal modo que iluminaba todo el cementerio, ahí todo era tranquilidad, no había más ruido que el de los grillos y una que otra ave, se sentía mucha paz.

Yo iba preparada con algunas cosas, entre ellas una pala, así que apenas llegué a la tumba de Gabriel, me puse a cavar, no sé cuánto tiempo haya pasado, pero juro que entre más me acercaba, más podía "sentir" a mi amado, en cuanto la pala chocó con la madera, supe que había logrado mi objetivo. Con dificultad abrí el ataúd y lo vi, él seguía tan hermoso como la primera vez, tenía un poco de polvo, sí, y aunque su piel estaba un poco pálida, era perfecto, lo besé y empecé a llorar; pero ya habría tiempo para eso, aún tenía trabajo por hacer, lo saqué de ahí y traté de dejar todo como estaba, aunque sé que no quedó igual, supuse que nadie notaría lo que había pasado.

Cargué a Gabriel hasta los límites del cementerio, era una barda de metro y medio, lo puse sobre mis hombros y con esfuerzo salimos de ahí. Al llegar a casa estaba muy cansada y me sentía sucia, así que me di un baño junto con Gabriel, sabía lo importante que era para él estar limpio, recorrí cada parte de su cuerpo para poder asearlo bien, yo sentía que él sonreía y me lo agradecía. Lo llevé hasta la cama y dormí abrazada a él.

Esa noche, soñé con Gabriel, él me decía cuánto me amaba y lo feliz que era porque yo había ido por él, ahora ya no tenía frío y podía estar conmigo toda la vida, como siempre habíamos querido.

A la mañana siguiente, recibí en casa a Natalia, mi hermana, ella estaba preocupada por mi estado de salud, me decía que no quería estuviera sola en esos momentos. Yo le dije que no se preocupara, siempre estaría con Gabriel de una u otra forma, ella sonrió tímidamente y me abrazó.

Comimos juntas, conversamos sobre banalidades, aunque yo notaba en ella cierta incomodidad, le pregunté a qué se debía y ella me dijo que olía algo extraño, desagradable, le contesté que no tenía idea qué sería, quizá la basura, tenía días que no la sacaba, había estado muy atareada y sin tiempo, ella pareció conforme con la respuesta.

Antes de irse, me invitó a pasar unos días en su casa, para despejarme, para estar al lado de alguien que me estima y poder conversar, yo no quería eso, quería estar cerca de Gabriel, perderlo una vez me hizo darme cuenta de lo necesario que era para mí. Le agradecí a Natalia y le dije que no, ella entendió y se fue, no sin antes prometer volvería después.

Enseguida fui y le conté a Gabriel sobre aquella visita que habíamos tenido, le dije cuánto me hacía feliz que mi hermana fuera a verme, todo en mi vida estaba volviendo a la normalidad. Siempre he considerado que los sueños son señales o advertencias que nos da la vida para poder vivir mejor, por eso, aquel sueño no debía pasarse por alto.

En el sueño, Gabriel y yo, ambos de la mano, caminábamos por un parque, de pronto una voz nos llamaba, no por nuestros nombres, nos decía "papá, mamá" ambos volteábamos y veíamos a un pequeño de alrededor de cuatro años, tenía los rizos de Gabriel, pero el mismo tono castaño que el mío, sus ojos grandes y preciosos, me veía y me pedía lo cargara y eso hice, de pronto, desperté.

Al abrir los ojos ahí estaba mi hombre, lo besé y le conté mi sueño, estaba muy feliz, sabía que era una señal, le dije que quería tener un hijo, él parecía sonreír, lo seguí besando y poco a poco aumentaba la intensidad de mis besos, empecé a besarle el cuello, el pecho, todo su cuerpo, sabía que le gustaba, quise hacer más, pero el timbre sonó y tuve que bajar a atender.

En la puerta estaba mi madre, ella me abrazó y me dijo que estaba para lo que yo necesitara, se veía cansada y afligida, le pregunté qué pasaba, decía que estaba preocupada por mí, no quería que la muerte de Gabriel afectara en mí como la de mi padre en ella. Hacía años mi padre había muerto en las mismas circunstancias, mi mamá entró en depresión e intentó quitarse la vida, aun cuando yo apenas tenía doce años. Le dije que no tenía que preocuparse, Gabriel estaba conmigo, así que no sentía realmente una pérdida como tal, ella lloró y me abrazó más fuerte.

Quise contarle lo del bebé, lo de Gabriel, y es que, si no puedes confiar en tu madre, ¿en quién puedes confiar? Pero supe que ella estaba mal en ese momento, así que lo dejaría para después.

Esa tarde salí a comprar algunas cosas que necesitaba para hacer limpieza, últimamente un olor desagradable inundaba la habitación y no quería que Gabriel de sintiera incómodo, fue cuando estaba a punto de comprar un aromatizante, que vi algo que llamó mi atención, una tienda para adultos. Entré y ahí había muchas cosas de las cuales no sabía ni para qué eran o cómo se usarían, pero estaba decidida a no salir con las manos vacías. Compré un lindo babydoll color rojo, le encantaría a Gabriel, esa noche sería especial.

Adorné el cuarto con velas aromáticas y pétalos de rosa sobre la cama, me puse mi atuendo recién adquirido y empecé a bailar para Gabriel, el baile era lento y poco a poco me fui acercando a él, me senté sobre sus caderas, lo comencé a besar y acariciar, tomaba sus manos y hacía que estas recorrieran mi cuerpo, su tacto era frío, pero agradable, empecé a lamer su mano mientras metía sus dedos en la boca, jugando con ellos, mordiéndolos suavemente, bajé mis manos hasta sus caderas, tomé su pene y lo metí dentro de mí. Jamás me había sentido así, estaba muy excitada, al borde del éxtasis, quería gritar, o no sé si lo hice, nada importaba.

Me quedé dormida sobre el pecho de Gabriel, aquella noche no soñé, dormí bastante profundo. Me despertó el ruido de un zumbido, sobre Gabriel había moscas, estas intentaban meterse a través de su boca y nariz, yo estaba furiosa, empecé a ahuyentarlas lejos de él, no quería que le hicieran daño, que perturbaran su paz, lo abracé y empecé a llorar.

El cuerpo de Gabriel empezaba a deteriorarse a pesar de mis cuidados, le habían salido ampollas y se veía algo hinchado, no sabía qué hacer para tenerlo conmigo más tiempo, no quería perderlo de nuevo. Recibí la visita de mi madre, ella me llevaba comida, quería asegurarse de que me alimentara bien, supongo que vio en mi cara la preocupación y la angustia, porque me preguntó qué me pasaba.

Le dije la verdad, que tenía miedo de que Gabriel se fuera una vez más, que no quería perderlo de nuevo, ella no parecía entender, pero me abrazó y empecé a llorar en su hombro. Ella me apretó fuerte y dijo que el amor es eterno, si duele es porque es real y es porque tienes algo único y precioso.

Yo sonreí, eso era lo que teníamos Gabriel y yo, algo único. Cuando mamá se fue, corrí a ver a Gabriel, me senté a su lado y empecé a acariciar su cabello, sus rizos eran hermosos, le conté lo que ella me dijo, le prometí que sin importar nada, yo siempre lo amaría y jamás lo dejaría solo.

En la noche, volví a hacer el amor con Gabriel, esta vez lo hacíamos más tierno, yo estaba sobre él, apenas me movía, pero algo salió de su ano, era algo viscoso y apestaba, no pude reprimir el vómito, me quité enseguida y comencé a limpiar.

Todo el cuerpo de Gabriel se veía hinchado, hasta ese momento no había notado lo mal que olía, pero, aun así, no me importaba, se viera como se viera, seguiría siendo mi amado Gabriel, continué las cosas donde las había dejado, seguí besándolo y lamiendo cada parte de su cuerpo, el asco se había ido, noté que mi excitación subía y subía con cada beso y caricia. De pronto algo nos interrumpió, era el sonido del timbre.

Al bajar abrí la puerta y me encontré con Natalia y mi madre, ellas se veían muy alteradas, les pregunté qué pasaba y Natalia me dijo que estaba preocupada por mí, que había hablado con mi madre y sentían que estaba perdiendo el rumbo, que primero pensaron era parte del duelo y por eso no decían nada, pero que ya no podían dejar que siguiera viviendo así, que había bajado de peso, me veía enferma, vivía en la suciedad, y decían, seguía hablando de Gabriel como si siguiera vivo.

Me llené de cólera, les dije que no sabían de lo que estaban hablando, sabía muy bien que mi amado estaba muerto, pero no por eso iba a resignarme a perderlo, ellas solo me miraron con tristeza. Fue Natalia la que rompió el silencio incómodo que se había formado, se quejó del olor que había en la casa, mi madre me pidió preparara algo de tomar, mientras ella limpiaba un poco.

Todo pasó muy rápido, Natalia me llevó a la cocina, mi madre tomó una bolsa de basura y se metió a mi cuarto para tirar la basura, pero apenas entró, se escuchó un grito y después un golpe seco, se había desmayado. Natalia corrió a verla y lo que encontró también la hizo gritar, puso su mirada en Gabriel, luego en mí, no puedo decir si lo que había en su mirada era decepción, asco o miedo, pero supe que jamás me volvería a ver a los ojos.

Con dificultad, sacó a mi madre del cuarto y trataba

de reanimarla, yo quise ayudar, pero me aventó, me decía que estaba loca, enferma. No era mi culpa, ellas no tenían que estar ahí en primer lugar, espacio de Gabriel y mío. Mi madre despertó, no me miró para nada, solo se fue, yo traté de ir tras ellas, pero sabía que era inútil. Regresé con Gabriel, me acosté a su lado y empecé a llorar, me sentía frustrada, pocos minutos pasaron y empecé a escuchar las sirenas de la policía acercarse a mi casa.

Tomé un cuchillo y empecé a cortarme las venas, no dejaría que me llevaran lejos de mi amado, no dejaría que nos separan una vez más.

LA ÚLTIMA HORA

Ella vive en mis sueños y vuelve a morir en mis pesadillas.

Las palabras de Fausto apenas fueron escuchadas por la psiquiatra, parecían más bien un susurro, algo que Fausto tal vez no quiso decir y solo pensó o quizá algo que quería decirse a sí mismo.

Marla era su psiquiatra desde hacía seis meses y aunque lo veía dos veces por semana, a ella aún le costaba trabajo poder hablar con Fausto, que él se abriera ante ella, que fuera honesto.

—¿Cómo te has sentido desde la última vez que hablamos, sientes que el medicamento que pedí te ha ayudado a poder dormir mejor?

—No, es lo mismo de siempre, apenas empiezo a tratar de dormir siento una pesadez horrible en mi cuerpo, trato de moverme, pero no puedo hacerlo, trato de gritar, pero el aire parece no llegar a mis pulmones. – Su mirada iba cambiando de un lugar a otro. Entonces veo a Alicia en la puerta de la habitación, está desnuda y con las muñecas cortadas. Como si acabará de salir de la bañera y se acerca, se acerca a mí y no puedo hacer nada.

—Es algo normal, se llama parálisis del sueño, a todos nos pasa alguna vez, el cerebro está despierto, pero tu cuerpo está dormido, por eso es difícil saber distinguir si es un sueño o no, digamos que es como si tu cerebro estuviera confundido, desafortunadamente esto suele presentarse más a menudo en personas que han tenido experiencias traumáticas, se le conoce como trastorno por estrés postraumático. Aumentaré tus dosis un poco más, lo importante es …

—Es que no estaba soñando, sé que suena loco, pero no estaba dormido o en ese estado que menciona, son cosas que me pasan apenas intento dormir, no al conseguirlo. – Fausto interrumpió, su voz, más que alterada, sonaba asustada. – Y cuando duermo, siempre que duermo sueño con ella, a veces solo la veo sentada en un sillón, ella sonríe mientras ve televisión y yo quiero correr y gritarle que la extraño, que todo irá bien, que yo cuidaré de ella, pero jamás puedo alcanzarla y esos, esos malditos sueños son los mejores, algunas otras veces sueño con ella, está en la bañera, a su lado está la cuchilla y no puedo evitarlo, no puedo evitarlo, solo puedo ver cómo se va apagando su vida.

Fausto lloraba y trataba de buscar en la habitación algo de lo cual sostenerse, no una silla o una mesa, sino algo más humano, cálido, pero no había nada.

—Intento hacer ejercicio para cansarme y dormir bien por la noche, intento hacer yoga y meditación para estar más tranquilo, pero nada funciona, ella siempre está ahí, viéndome desde la puerta de la habitación.

—¿Qué crees que pasaría si ella llega a ti? – Marla preguntó con curiosidad. – Dices que ella se acerca a ti, ¿qué crees te diría si llegara a tu lado?

—No lo sé. – Fausto se veía agotado.

—Tal vez debas comprobarlo, recuerda que no es real y ayudaría en la terapia.

Fausto no estaba convencido de esto último, él sentía, sabía, que no debía ser alcanzado por Alicia. Eran cerca de las once cuando tomó la medicación marcada por la psiquiatra, no tardó mucho en que esta empezara a hacer efecto y pronto sus ojos empezaron a ceder al medicamento.

No sabía cuánto tiempo había pasado desde que cerró los ojos, pero algo lo despertó, era un ruido sutil, pero bastante molesto Se escuchaban gotas caer en la entrada del cuarto, justo donde estaba la puerta.

—No, no, no, estoy alucinando, es el medicamento, sí, debe ser eso.

El ruido de las gotas fue en aumento y pronto la habitación empezó a sentirse muy fría. Fausto se cubrió por completo con las cobijas, tenía frío, pero más que eso, tenía pavor, estaba escuchando cómo alguien caminaba en dirección suya, era Alicia.

—No eres real, no eres real, ¡NO ERES REAL!

Alicia empezó a subirse a la cama y Fausto notó la humedad en las cobijas y en la cama, ¿era realmente ella o simplemente se había orinado del miedo?

—Es tu culpa, todo esto es tu culpa.

La voz de Alicia sonaba fría, sin sentimientos, como si le estuviera hablando a un objeto, no a un ser humano.

—No, no es mi culpa, no lo es, déjame en paz, déjame por favor.

Ella tomó las cobijas y las retiró de Fausto con un solo

movimiento.

—Mírame, ve lo que me has hecho.

El tono de su piel era entre azul y blanco, la descomposición había iniciado, toda ella estaba húmeda y desnuda, las heridas en sus muñecas se veían aún abiertas y gangrenadas, de uno de sus ojos escurría pus y el olor que emanaba era insoportable.

—Yo no te hice nada, yo siempre te apoyé.

—Dijiste que siempre estarías conmigo, dijiste que siempre me amarías.

—Déjame en paz, por favor. – Fausto sollozaba.

—Prometiste estar siempre a mi lado, prometiste amarme siempre, muchas veces te dije me quitaría la vida, siempre decías que no lo hiciera, que estarías para mí, que tú me apoyarías. ¿Tú eras mi único pilar, recuerdas? Dijiste que no me dejarías sola, que siempre me amarías. Ve lo que me has hecho. ¡MÍRAME!

A la mañana siguiente, el cuerpo sin vida de Fausto fue encontrado por el médico de turno. Marla sabía que Fausto llevaba días sin dormir, al pasar de unos días la persona empieza a alucinar, a ver cosas que no están, que no son reales, aun así, ella, los demás médicos, las enfermeras y algunos pacientes habían visto mejorías en él y nadie se explicaban por qué se había arrancado los ojos hasta morir desangrado.

A MI LADO

Si alguien me preguntara cómo me siento ahora, no sabría qué contestarle. Siento una inmensa alegría, pero al mismo tiempo tengo miedo, nervios, frustración, tengo un cóctel de emociones, mi esposa no deja de quejarse de sus dolores, me toma la mano con mucha fuerza, me mira a los ojos y pese al dolor que, literalmente hace que se retuerza, me sonríe, en su mirada puedo ver mis sentimientos reflejados, nunca nos habíamos sentido tan felices, estábamos a punto de ser padres.

Al llegar al hospital, un médico la recibió y me indicó que yo tendría que esperar afuera, que todo estaría bien y en unas horas me llamarían para ir a ver a mi esposa y nuestro bebé. Yo esperaba estar con ella cuando fuera el parto, poder tomar su mano y recibir juntos a esa vida que habíamos creado, pero no podía hacer nada, en vez del parto natural tendrían que intervenir quirúrgicamente, besé a mi esposa y accedí a quedarme en la sala de espera.

Apenas habían pasado unos minutos, pero yo sentía que llevaba esperando una eternidad. Afuera empezaba a llover y fue entonces cuando recordé, el día que nos enteramos del embarazo, ese día también llovía. No miento al decir que los nueve meses del embarazo fueron los mejores que hemos pasado Melissa y yo, era una sensación emocionante ir al médico y saber de nuestro bebé, poder ver cada mes cómo iba creciendo y desarrollándose, e incluso ver y oír cómo latía su corazón.

Acabamos de cumplir tres años de casados y la vida ha sido buena con nosotros, tenemos muy buenos amigos, económicamente somos estables y gozamos de una buena salud. Por si esto fuera poco, puedo decir que, en Melissa, no solo tengo una esposa, sino también a una amiga que a menudo me mantiene con los pies en la tierra.

Juntos somos la pareja perfecta, tenemos una gran vida, vida con la que muchos solo pueden soñar o imaginar.

Yo estaba tan sumido en mis pensamientos, que no noté que un médico que me estaba llamando, rápidamente me dirigí hacia él, le pregunté por mi esposa y dijo que había ocurrido una complicación y que teníamos que hablar sobre decisiones importantes. Sentí cómo la sangre se me helaba, no era buena señal. El médico empezó a hablar, yo no entendía ni la mitad de lo que me decía, o tal vez no quería entender, quería que eso fuera una broma, pero no, no lo era.

Algo había salido mal durante el parto y ahora mismo, los médicos me pedían tomar una decisión, me encontraba en una encrucijada, tenía que elegir entre la vida de mi esposa o la de nuestro bebé, además, por las circunstancias, no disponía de mucho tiempo para decidir.

Sentí que iba a desmayarme, estaba enojado con el médico, conmigo mismo, sentía una gran impotencia. Antes había escuchado ese tipo de historias y me parecían sacadas de una novela barata, supongo que uno piensa que, pese a que es posible, nunca nos pasará algo así a nosotros. El médico se fue, prometiendo que regresaría en unos minutos, me aconsejó llamar a mis suegros, era inútil, ellos habían muerto hace años.

¿Qué debería de hacer? ¿Qué era lo correcto? ¿Qué haría ella?

Pensé…

Sabía que Melissa, de estar consciente, habría decidido salvar al bebé.

Así fue, nuestro hijo nació y murió Melissa. Era una niña la que esperaba en su vientre, era muy hermosa, la abracé, ese pequeño pedazo de cielo, era nuestra hija.

A mí me afectó mucho la muerte de mi esposa, pero tuve que seguir por Ana. Sí, su nombre fue Ana, como el nombre de la madre de Melissa. Juntos, Ana y yo vivimos muy felices, fue encantador verla dar sus primeros pasos, oírla balbucear sus primeras palabras, verla jugar con tanto entusiasmo, cada día crecía más y se parecía más a su madre, aunque nuestros conocidos siempre me decían que sus ojos eran más parecidos a los míos. Yo estaba seguro de que su madre nos cuidaba desde algún lugar. Pese a que me fue difícil educar solo a Ana, nunca tuve grandes problemas, fue hasta que ella entró al preescolar que me sentí impotente, y es que ella, con ojos tristes, me decía que le gustaría que su madre fuera por ella al finalizar las clases, como lo hacían las madres de sus compañeros. Ana no entendía por qué la vida le había quitado a su madre sin haberla conocido, a decir verdad, yo tampoco lo entendía.

Todos los días platicaba con mi hija, le decía lo feliz que me hacía verla crecer y cómo destacaba en sus clases, le platicaba de Melissa, de su carácter, personalidad y nuestras aventuras juntos, le enseñaba fotos de cuando estaba embarazada. Ana se sorprendió la primera vez que le mencioné que ella, antes de nacer, estaba en el vientre de su madre.

Nunca volví a amar a nadie como amé a Melissa, pero llegó el punto en el que me enamoré de Carolina, una compañera de trabajo; era muy linda y amable con Ana, ambas se llevaban muy bien y siempre bromeaban, después de unos años, decidí rehacer mi vida al lado de Carolina. Para ese entonces, Ana estaba en la secundaria, los primeros dos años fueron muy buenos, después Carolina y Ana empezaron a tener problemas, Ana decía que yo ya no le prestaba atención, ni hacíamos cosas juntos, poco a poco se alejó de mí. Después de un tiempo me enteré que Carolina me era infiel, entonces terminamos nuestra relación.

Estaba decidido a recuperar a Ana, quería que me perdonara por haberla alejado, por no haberla escuchado, pero ya era tarde, a ella ya no le importaba. A menudo discutíamos por sus bajas notas en la escuela y por lo tarde que siempre llegaba a casa. Ella se limitaba a ignorarme o me decía que lo mejor hubiera sido no haber nacido. Cada vez que me decía eso, yo explotaba, su madre había dado la vida por ella y ahora ella se comportaba de esa manera.

Empecé a tratar de pasar tiempo con ella, le compraba lo que le hacía falta o lo que quisiera para que se sintiera a gusto, pero esto fue algo contraproducente, porque ella empezó a verme solo como su banco personal, y pese a darme cuenta de que le hacía un mal, seguía cumpliendo sus caprichos. Decidió que no quería estudiar la universidad, al terminar la preparatoria me dijo que se tomaría un año para poder saber qué quería hacer de su vida, me negué rotundamente, aun así, no logré convencerla de lo contrario. Me llevé la sorpresa de mi vida cuando, tres meses después, al llegar del trabajo, encontré una nota donde decía que se había ido a vivir con su novio, yo ni siquiera sabía de la existencia de él.

Ella me llamaba cada semana, generalmente para pedirme dinero porque su novio no tenía trabajo, por una u otra razón, yo dejé de acceder a sus peticiones y ella dejó de llamar.

Creí que había hecho un buen trabajo educándola, pero no fue así, sabía que, si Melissa me estaba viendo desde algún lugar, estaría muy triste por ver cómo tiré la vida de nuestra hija a la basura, al no ser un buen padre, quise ser su amigo y tal vez lo fui, pero ella no me veía como a un padre. Ahora, por mi incompetencia, ella se encontraba viviendo con un tipo que, por cierto, la golpeaba.

Suspiré y entonces llamé al médico, le hice saber que ya tenía una respuesta, decidí que quien tenía que vivir sería Melissa y es que sabía que sin ella no podría educar solo a nuestro bebé, la necesitaba, necesitaba a su madre y entonces ella se salvó. La muerte de nuestro bebé, que se llamó Ana, en honor a la madre de Melissa, nos afectó demasiado, ella apenas comía y en las noches, ambos llorábamos hasta caer dormidos. Sin Melissa no sé cómo habría sobrevivido a tan grande dolor, recuerdo que incluso había veces en las que nos encontrábamos en la calle a gente que hacía años que no veíamos y al preguntarnos sobre si planeábamos tener bebés, sin controlarlo, Melissa o yo, empezábamos a llorar. No quisimos tener otro bebé por miedo a que pasara lo mismo, no podríamos soportarlo de nuevo.

Me deprimí bastante cuando Melissa en una ocasión que discutimos, dijo que yo había matado a nuestra niña con mi decisión, eso me partió el corazón. Al principio intenté pensar que lo había dicho en un arrebato de ira y dolor, pero no, ella en verdad me culpaba. Tiempo después me dijo que hubiera preferido, mil veces, morir al lado de su hija, que vivir sabiendo que su propio esposo había matado a su bebé.

Ella me odiaba, me veía como si le diera asco, pero nunca me dejó, ni yo a ella, pese a todos los problemas nos seguía uniendo el recuerdo y el dolor de la ausencia de Ana. ¿Qué tan frágil es la vida y qué tan difícil puede llegar a ser la muerte de un ser querido?

Un día desperté y me sorprendí al verme solo en la cama, bajé las escaleras y me encontré con Melissa acostada en el sillón y en su mano derecha una caja de medicamentos, se había suicidado. Creo que nunca fui lo suficientemente fuerte para poder ayudarla a superar o por lo menos, a aprender a vivir con el dolor de la pérdida de nuestra hija. Me había quedado solo.

Estaba llorando, me sentía muy mal, ni siquiera vi cuando el médico llegó, noté su presencia hasta que él me preguntó cómo estaba, con una sonrisa fingida, le respondí que me encontraba bien.

Él me dijo que no era momento para estar dormido, aunque empezó a reírse y dijo que esperaba hubiera tenido una buena siesta, ya que por un par de años no podría dormir bien, dijo que mi esposa y mi hija me esperaban para que las viera.

Con pasos temblorosos y aún espantado por mis horribles sueños, caminé hasta donde ellas estaban, al llegar quedé petrificado y empecé a llorar. Era hermosa, era tan parecida a Melissa. Las abracé y besé, cargué a nuestra hija, pesaba muy poco, era muy frágil, muy linda. ¡Nuestra hija! En silencio hice una promesa, siempre estaría ahí para ella, nunca la dejaría caer, sabía que sería una tarea difícil, pero también sabía que no estaba solo, a mi lado se encontraba la única mujer consideraba perfecta, ambos podríamos con todo, entonces me di cuenta. Ellas son las que no me dejarían caer a mí.

EL PASO DEL DIABLO

Carboneras, Mineral del Chico Hidalgo.

La historia cuenta que en un tramo del bosque que conduce de Mineral del Chico a Carboneras, algunas veces se puede presenciar la peregrinación de algunos hombres y mujeres, quienes se dicen que han estado condenados a vagar en ese lugar eternamente. Fue en invierno cuando llegamos al lugar, lo primero que notamos es que cuenta con una belleza y misticismo únicos, la niebla cubría desde nuestros pies hasta la punta más alta de los árboles que conforman el bosque, la gente es cálida y es un sitio muy frecuentado para hacer turismo.

Al llegar al hotel y comentar el motivo de nuestra visita, nos fueron contadas por el personal varias anécdotas que aseguraban la aparición de duendes, nahuales e incluso brujas, pero al momento de preguntar por el Paso del Diablo, parecía que de pronto nadie quería hablar.

Fue la gerente quien nos dijo que la gente prefería no hablar de eso ahí, pero si estábamos seguros de querer saber más debíamos ir a casa de la señora Carmen, quien fue testigo de la peregrinación. La señora Carmen era una anciana de casi setenta años, pero fácilmente podía pasar por alguien de cincuenta.

—Muchas gracias por recibirnos, esperamos no quitarle mucho de su tiempo.

—Tiempo es lo que más hay en la vida, así que no hay

problema.

—Usted es muy conocida en el pueblo, nos han asegurado que en lo que respecta al folklore de la comunidad, es usted la persona que más sabe.

—Es la experiencia, las cosas que uno va viviendo van dejando huella, y algunas cosas dejan más marcada esa huella que otras.

—¿Usted podría decirnos algo de El paso del Diablo?

—El Paso, es solo una manera de decirle a lo que realmente ocurre en el pueblo, algunas personas han visto "el paso" cerca del bosque, otras en el cruce de este pueblo y de Mineral del Chico, pero, aunque el lugar cambie, la aparición es la misma.

—¿Fue usted testigo?

—Es común ir a pastorear los borregos, yo lo hacía cuando iba en la primaria, un día de esos escuché que mis borregos lloraban, corrí a verlos porque pensé era un perro que los pudo haber atacado, pero no fue así, eran tres hombres, vestidos como monjes , caminaban con paso seguro y no volteaban a ningún lado, atrás de ellos iban cuatro mujeres sujetadas con un lazo, supongo para que no se escaparan, se veían muy descuidadas, sus ropas y sus caras eran sucias.

—¿Ellos notaron su presencia?

—No, yo podía verlos a una distancia considerable, pero fue aterrador porque a pesar de la distancia, yo podía escucharlos.

—¿Qué escuchó?

—Eran rezos, no entendía exactamente qué decían,

pero sabía que iban rezando. Los miré y sentí como si mi alma se despegara, me sentí liviana y como si flotara.

—¿Cómo en un sueño?

—Suena como si fuera bonito, pero yo me sentía terrible, sentí que moriría.

—¿Recuerda algo más?

—La risa de las mujeres, empezaba siendo una risa delicada, incluso infantil, para convertirse en risas macabras y estruendosas. Cuando me di cuenta, ya habían desaparecido.

Al terminar la entrevista, la señora Carmen nos pide que vayamos con el párroco de la capilla, nos dice que él tiene información que nos ayudará.

—Gracias por su tiempo, sabemos de antemano que la comunidad es muy creyente respecto a la leyenda de "El paso del Diablo", ¿podría decirnos qué opina usted al respecto?

—Creo que las leyendas se forman cuando unimos un poco de verdad con un poco de fantasía. Esta leyenda en particular tiene sus bases bien plantadas, parece ser, sucedió a finales del siglo XVI cuando el Tribunal del Santo Oficio tuvo su mayor auge en México.

—¿La Santa Inquisición?

—Así es, pero, ¿sabes?, no es todo como la mayoría de las personas piensan que sucedió. Digamos que en ese momento había dos facciones, una que se dedicaba a investigar todo lo que tenía que ver con herejía, esta disponía de un Tribunal que dictaminaba si la acusación era cierta o tenía bases. Ya te imaginarás que mucha gente acusaba a personas inocentes de herejía solo por problemas personales o por simple capricho, entonces este tribunal recopilaba todos los datos para ver si procedía o no. Nuestro sistema legal tiene muchas bases que se usaron en ese entonces.

—¿Y la segunda facción?

—Eran personas radicales, fanáticos, ellos creían ejercer el trabajo de Dios y hacían lo que fuera para conseguirlo, muchos de los crímenes que se cometieron en ese entonces y que aún tienen eco a nuestro día, fueron producto de esas facciones radicales.

—Pero al final del día tenían el permiso de la iglesia, ¿no es así?

—No siempre, pero sí en algunos casos.

—¿Y esto cómo se relaciona con la leyenda?

—En ese entonces había varios conventos franciscanos en México, algunos de ellos eran así de… radicales, por llamarlo de alguna manera. Este grupo de personas había recibido el encargo de llevar a juicio a algunas mujeres acusadas de brujería. Gente del pueblo de Atotonilco el Grande, había afirmado que estas mujeres habían sido vistas en algunos aquelarres y que incluso tenían poderes de clarividencia.

—Supongo que de poco les sirvió cuando fueron aprendidas.

—No del todo, sabían que irían tras de ellas y cuando vieron llegar a los franciscanos, les ofrecieron conocimiento del futuro, decían que su destino era ser condenados eternamente, que, para evitar ese cruel destino, solo tenían que dejarlas libres.

—Pero ellos no accedieron, ¿verdad?

—No, ellos querían llevar a las mujeres a Actopan y que allá les hicieran el juicio. Pero hasta ahí es donde está documentado, lo demás es pura especulación.

—Entonces, sí existió parte de la leyenda.

—Hasta esa parte sí, después se cuenta que los franciscanos tuvieron problemas con las mujeres, ellas iban tratando de seducirlos y uno a uno fueron cayendo en el pecado, a medio camino empezaron a discutir, dos de ellos querían dejar a las mujeres y decir que habían escapado, pero otro más, quería seguir con la encomienda Se dice que él, sabiendo que los otros dos intentarían matarlo, se adelantó y los asesinó mientras dormían. Pronto recuperó la cordura y se suicidó por la culpa. Dios, siendo testigo de esto condenó a todos los involucrados en recorrer el mismo camino eternamente.

—Disculpa que pregunte esto, pero tengo que hacerlo, ¿cómo se supone que se supo la historia si todos los involucrados desaparecieron?

—Como te decía, eso es parte de la especulación, pero se dice que fue por un diario de los franciscanos que fue encontrado, ahí narraba todos los pormenores del viaje, era normal en esos tiempos. Aunque no hay registros del diario en cuestión.

—¿Por qué se aparece esta peregrinación a las personas?

—Hay quienes dicen que es una señal de Dios. Que en cualquier momento se puede perder el camino y que no importa que tan puro te creas, siempre habrá tentaciones.

Cuando escuchamos por primera vez la historia de "El paso del Diablo", no pudimos dejar de encontrar algunas similitudes con "La Santa Compaña", leyenda de Galicia que nos habla de una peregrinación maldita, pensando que sus bases, quizá venían de esta. Quisimos ver si podíamos tener la suerte de presenciar algo, nos dirigimos a los lugares donde se dice hay más apariciones de la peregrinación, por la madrugada escuchamos varias risas de mujeres que parecían venir de distintas direcciones, nos adentremos un poco en el bosque, pero no encontramos nada.

La leyenda sigue causando terror en ciertos sectores de la población, hasta el día de hoy ya estando lejos de aquel pueblo, puedo jurar que algunas veces escucho las risas de aquellas mujeres.

EL CIRCO DE LAS PESADILLAS

Esta leyenda nos habla de un circo misterioso que llega a algunos pueblos alejados de varias localidades en el país, en aquel circo suceden cosas extrañas e inexplicables para la audiencia, algunas veces, las consecuencias son fatales. Aún con pocos testimonios y casi ninguna información en internet o periódicos que la respalden, es motivo de terror para muchas personas que conocen la leyenda.

Hace algunos años, mientras recopilábamos información de sucesos inexplicables en la ciudad nos encontramos con una historia que parecía sacada de ficción. Manuel, un hombre que vive en San Juan del Río, Querétaro, nos escribió una carta para contarnos la historia que hace tiempo había vivido y que había destruido a su familia. Nos reunimos con él y ahora presentaré parte de la entrevista que le hicimos

De todas las historias que hemos conocido, esta es, sin duda, una de las que más nos ha asombrado y es por el hecho de que pasa frente a una gran cantidad de gente y que incluso hay archivos médicos que lo mencionan. Es algo que te persigue toda la vida, mentiría si te dijera que lo he superado, no, aún tengo pesadillas de eso.

—¿Podrías contarnos tu historia por favor?

—Fue cuando tenía catorce años, mis amigos y yo, nos habíamos enterado de que vendría al pueblo un circo, no era algo que nos entusiasmara realmente, pero íbamos pasar el rato, el circo solo estaría dos días, sería gratuito e, insisto, éramos solo unos niños.

—Siga…

—Íbamos Ángel, Omar y yo, recuerdo que Miguel no quiso ir, porque le daba miedo.

—¿Miedo por qué?

—El circo se hacía llamar, "El circo de las pesadillas ", la carpa era negra con verde, el cartel estaba muy desgastado, las personas que trabajan ahí, se veían muy extrañas, supongo eso lo inquietó.

—¿Cómo qué?

—Muy felices, pero no sé cómo decirlo, como falsas. Es normal ver payasos que siempre ríen, pero los de ahí al sonreír, parecían deformes o quizá fue que así los noté.

—¿Cómo era el lugar, qué atracciones había, cómo era todo?

—Era muy oscuro, sucio y no había tanta gente, solo algunos payasos o no, ¿cómo se les dice a los que tiene gorrito?

—Arlequines

—Sí, esos, había algunos de ellos, las atracciones eran gente con deformidades, un hombre que parecía tener hongos en el cuerpo, una mujer que su piel era de escamas y recuerdo que había puestos de adivinación por cartas y un ventrílocuo.

—¿Eso fue lo que asustó a su amigo?

—Sí, es lo que nos dijo después, la verdad es que a todos nos daba una especie de escalofríos estar ahí, pero sentíamos adrenalina y ganas de ver más.

—¿Cómo fue el espectáculo?

—Había poca gente, quizá no más de treinta personas, muy pocos para ser gratuito, quizá fue porque eran cerca de las seis, no lo sé, pero fue un espectáculo muy raro desde el principio.

—¿Por qué?

—Hubo una función con el ventrílocuo, él usaba un títere, hablaba y decía chistes, no era divertido, pero era sorprendente ver cómo el muñeco parecía que hablaba, parecía muy real.

—Eso debió animar a la gente.

—Sinceramente, parecía que el actor disfrutaba más que el público y lo mismo fue con el show de los payasos, era un número donde uno le daba bofetadas al otro, lo hacía hasta que este sangraba y ambos se reían y se paseaban entre la multitud, fue ahí cuando algunas personas se empezaron a ir.

—Claro, supongo era una visión muy fuerte para quien llevaba hijos.

—Cuando notaron que algunos se iban, el anfitrión, un hombre grande y que vestía como si fuera un hombre de esos de las películas viejas, con su traje antiguo y sus patillas enormes, fue cuando empezó su show.

—¿Cómo era?

—En el escenario había dos ataúdes y él decía que podía meter a alguien en uno, y hacer que apareciera en el otro, lo hizo consigo mismo dos veces, pero dijo que le gustaría asegurarse de que nadie pensara que era un truco, así que invitó a alguien a subir y comprobarlo.

—¿Y alguno de ustedes quiso subir?

—Ángel era nuestro líder, él siempre quería enseñarnos que no tenía miedo de nada, que era el más fuerte, el más apto y, sin pensarlo, subió al escenario.

—¿No hubo más voluntarios?

—Un señor y otro chico como de preparatoria, pero el anfitrión eligió a Ángel, lo tomó del brazo y lo metió en el ataúd, pasaron segundos y él salió por el otro lado.

—¿Qué sintió al ver eso?

—Estábamos asombrados, fue lo mejor de esa noche, gritamos de asombro, pero Ángel estaba raro, pensamos que se debía al shock, no cambiaba su expresión de miedo.

—¿Cómo?

—Le preguntábamos miles de cosas, si había una trampilla secreta, el cómo se sintió, si se había mareado, pero él solo contestaba con monosílabos.

—¿No se les hizo extraño?

—Demasiado, yo le platiqué a mi mamá de eso y solo me dijo que debía ser la impresión.

—¿Qué paso después?

—Ángel murió, se ahorcó de un árbol.

—¿Cree que tuvo que ver con la función?

—Sí, su madre habló mucho con nosotros después de eso, no podía entender por qué lo hizo, él se veía feliz y de un momento a otro cambió por completo, nosotros le contamos lo del circo y ella trato de averiguar más, pero jamás hubo información de que el circo hubiera estado en Querétaro, es más, parecía no existir.

—¿Escuchó de casos parecidos?

—Al momento se nos hizo muy fuerte y raro, pero pensamos fue solo el susto o que dentro de su cabeza pasaba otras cosas, pero con los años me fui enterando de que cosas igual de parecidas habían pasado en otros pueblos.

La siguiente entrevista fue en la Ciudad de México, con Miriam es psiquiatra en el hospital psiquiátrico Fray Bernardino, aquí una transcripción de parte de la entrevista.

—Muchas gracias por recibirnos, no le quitaremos más tiempo del necesario.

—El tiempo que sea necesario, casos como el de Ezequiel, son muy raros.

—¿Podría decirnos cómo fue que llegó ese caso a usted, de qué se trata?

—Era un hombre de treinta años, se había intentado suicidar y estaba en el hospital para recibir tratamiento psiquiátrico, yo llevaba su caso.

—¿Saben por qué se había intentado suicidar?

—Decía que veía cosas que no existían, que oía voces y que sus sueños eran aterradores

—¿Algo como esquizofrenia?

—Parecido, sí, pero no, en muchas enfermedades mentales como la esquizofrenia el individuo no sabe que las alucinaciones son producto de su imaginación, para ellos son reales.

—¿Pero para él era real?

—No del todo, sabía que era algo que no podía existir, su pensamiento racional le decía eso, siempre había sido una persona con una vida que llamaríamos "normal", tenía una familia, un trabajo estable, no había antecedentes de enfermedades mentales en su familia, todo esto se disparó a partir de la vez que cuenta fue a ese circo.

—¿Podría contarnos, por favor?

—El paciente me dijo que todo había surgido de la vez que fue a ese lugar, él había ido con su familia y pensaron que sería divertido. Al llegar ahí, notaron un circo decadente y descuidado, pero el entusiasmo de su hijo hizo que decidieran seguir adelante.

—Entiendo

—Él comenta que las funciones eran delirantes, gente con algunas deformidades haciendo espectáculos, enanos peleando, un hombre sin las extremidades inferiores, corriendo de un enorme perro, cosas que entrarían en la categoría de diversión bizarra, realmente hay shows así, pero lo que le llamaba la atención, era que las personas ahí sobreactuaban, sonrisas de oreja a oreja que parecían lastimarlos, risas fingidas al punto de ser toscas.

—Aun así, siguieron en el circo.

—Él mencionó que querían irse, nadie estaba realmente cómodo, pero era como una especie de morbo colectivo lo que quería los hacía quedarse.

—He leído sobre eso.

—La función principal consistía en teletransportar a un voluntario de un lugar del escenario, a otro. Alguien se metía en un ataúd y salía por otro. Es un acto muy común en los circos.

—¿Pero había algo más?

—Ezequiel contó de que al momento de entrar en el

ataúd pasaron varias cosas, una de ellas es que perdió la noción del tiempo, para los espectadores pasaron quizá dos minutos por mucho, pero para él había pasado horas ahí.

—¿En el ataúd?

—En lo que había dentro del ataúd, él decía que dentro era como un lugar desértico, muy polvoroso y seco, el cielo con un tono verdoso y con una bruma que le dificultaba la visión.

—Me dijo que, estando ahí, se dio cuenta de que el ataúd no podía abrirse, solo podía ver a lo lejos otro ataúd así que se dirigió ahí, pero entre más caminaba, más lejano parecía su destino y en cada paso que daba, sentía que algo se acercaba a él.

—¿Le dio más detalles?

—Decía que eran varias figuras de personas y criaturas que estaban observándolo, él sabía, de alguna forma, que, de quedarse quieto lo asesinarían, así que el avanzaba, aunque no sentía que tuviera éxito.

—Dios santo…

—Ezequiel dice que estuvo horas caminando, cerca de llegar al final, pudo ver con claridad todas esas criaturas y lo que él pensaba eran otros humanos.

—¿Los describió?

—Jamás habló al respecto, apenas intentaba hacerlo, rompía en llanto, fue un suceso traumatizante para él.

—¿Usted le cree?

—No importa realmente lo que yo crea, para él fue real y sus consecuencias son reales. A menudo mucha gente se enfrenta a tanto estrés que puede crearle traumas, la mente es muy poderosa y puede hacernos creer cosas imposibles.

—¿Pero usted le cree?

—Ese caso me dio mucho que pensar, se despertaba en la noche llorando y gritando que ellos iban tras de él, como si sufriera de delirio paranoico, su familia estaba devastada, no podían hacer nada por él. Volviendo a su pregunta, no le creo, pero tampoco tengo las respuestas a lo que Ezequiel sufre.

—¿Cómo ha reaccionado al medicamento?

—No ha tenido respuesta, por muy dopado que esté, él sigue teniendo esos sueños y esas alucinaciones. Lo que me recuerda algo curioso del caso, le hicimos algunas resonancias en el cerebro y todo salió normal, no había ningún tipo de daño que pudiera ser el causante.

—¿Sigue internado en el hospital?

—Sí, ha tenido varios intentos de suicidio, pero aquí está bien, hay gente observándolo.

—Gracias por su tiempo, doctora.

—Por cierto, ¿sabe otra cosa que me causo mucha curiosidad?, es que buscamos en muchos lados información sobre el circo, no hay registros de él, no hay propaganda o algo que haga sugerir que siquiera existe.

—¿Cree que pudo haber inventado todo?

—No, su familia y más testimonios de amigos avalan esa información, pero no más, Realmente deja en qué pensar.

El testimonio más reciente que tenemos es el de Jaime, un vendedor de algodón de azúcar que asegura haber trabajado en las afueras del circo, cuando este visitó Acatlán de Osorio, Puebla, en el año 2019.

—¿Podría contarnos cómo fue su experiencia en el llamado "Circo de las pesadillas"?

—Yo trabajo desde chico vendiendo algodón de azúcar, en el pueblo todos me conocen y yo conozco a la mayoría, es un lugar chico y todos son muy agradables.

—Sí, es un pueblo muy agradable.

—El pueblo estaba emocionado cuando vino el circo, nadie esperaba que viniera y cuando dijeron sería gratis, todos querían ir. Pero al verlo muchos cambiaron de opinión.

—¿Por qué?

—Era raro, pintado de verde y negro, se veía descuidado. No había animales o casas del susto, era chico.

—Aun así, hubo gente que fue, ¿verdad?

—Sí, familias, niños, era un lugar llamativo. Solo habría dos días funciones así que fui a pedir permiso para que me dejaran vender en las afueras del circo.

—¿No tuvo problemas para el permiso?

—No, me dirigí al dueño del circo, un señor regordete, grande y con ropas extrañas, aunque normales para un circo. Él se puso muy feliz al verme y me dijo agradecía que colaborara con ellos, incluso me pagó 500 pesos por ir ahí y hacer mi trabajo, ¿Puede creerlo? Generalmente soy yo quien paga para que me den tantito espacio para trabajar.

—¿Y cuándo fue a trabajar, qué notó ahí?

—Todo el personal del circo daba miedo, había una

persona que no tenía ni piernas ni manos, siempre estaba sonriendo, pero su sonrisa daba miedo, era como en esas caricaturas en las que se ven las facciones falsas de tanto reír.

—Era algo asombroso de ver.

—Había una mujer que tenía una mascota, era una serpiente, pero con patitas.

—Quizá una lagartija topo.

—No lo sé, pero era extraña, todos lo eran.

—¿La gente parecía cómoda ahí?

—Se veían asombrados y asqueados, lo sé porque casi no vendí mis algodones.

—¿Usted vio la función?

—Tenía ganas de verla para ver qué tipo de espectáculos llevaban ahí, pero tenía que trabajar, pensé en ir al siguiente día, pero me arrepentí.

—¿Por qué?

—Al terminar la función la gente salía, algunos asombrados, otros decepcionados, pero me llamó la atención ver a unos ancianos que salían de ahí con un niño pequeño, quizá su nieto, el niño estaba paralizado, no respondía nada de lo que los ancianos le decían.

—¿Usted hizo algo?

—Me acerqué y les ofrecí agua, pensé que se iba a desmayar, el niño empezó a vomitar y decidimos llevarlo al centro de salud. En todo el camino iba como paralizado, no nos dimos cuenta, hasta llegar, de que se había hecho del baño en los pantalones.

—¿Qué les dijeron en el centro de salud?

—Dijeron que algo de su corazón estaba bajo, la frecuencia cardíaca o eso y que lo llevarían al hospital.

—¿Usted los acompañó?

—No, pero al otro día supe que el niño había muerto, incluso fui al funeral para presentar mis condolencias.

—¿Cree que tuvo que ver con la función del circo?

—Sí, muchos en el pueblo lo hablaron por mucho tiempo, supe que la familia intentó demandar al gobierno municipal por haber permitido la entrada del circo sin tener permiso, pero el ayuntamiento decía no tener nada que ver, con el tiempo llegó la pandemia y la noticia perdió, poco a poco, interés.

Muchos testimonios avalan la aparición del Circo de las Pesadillas, muchas personas que cuentan con instantáneas del lugar, así como de algunos artistas que dieron ahí sus funciones, incluso hay una red de personas que han invertido años en recopilar toda la información de este espectáculo que, desafortunadamente, les quitó o arruinó la vida de un ser querido. Histeria colectiva o una organización que lleva años sin dejar rastro, mientras acaba con la vida de algunos espectadores. Parece ser algo que estamos lejos de saber con claridad.

EL MESTIZO

Milpillas, Sonora.

Leyenda: Se dice que, en el pueblo fronterizo de Milpillas, existe una criatura que funge como guardián y verdugo de los pobladores de la comunidad. Hay quienes dicen que aquel ser es producto de la relación de una mujer de la zona y una criatura del desierto. Le llaman, "El mestizo".

El pueblo de Milpillas tiene una población de apenas 730 habitantes, según datos del INEGI. Ahí la gente, en su mayoría, suele dedicarse a la venta del ganado, así como de productos textiles que importan a la ciudad de Saltillo. Al llegar, notamos que, al ser un pueblo chico, no era normal recibir personas que fueran ahí a conocer. Apenas habían pasado dos horas, cuando unos hombres en camioneta nos preguntaron cuál era el motivó de nuestra estancia ahí.

Les explicamos que estábamos recopilando información sobre sucesos inexplicables en todo México y así tratar de entender qué es lo que ha sucedido en esos casos. Que fue así como habíamos llegado a ese pueblo al escuchar historias sobre "El mestizo".

Apenas pronunciamos ese nombre, los hombres a bordo de la camioneta nos pidieron los siguiéramos, nos llevarían con el delegado de esa región. Al llegar, un hombre de unos cincuenta años, aproximadamente, nos recibió. Decía llamarse Raúl y después de ofrecernos y de tomar un poco de pulque, empezó a hablar.

Esto es parte de la conversación.

—¿Por qué han venido aquí?

—Queremos saber la historia del mestizo, en lugares cercanos a la región, se habla mucho de esto, pero queríamos venir al lugar donde todo inició.

—Fue hace muchos años, yo era un joven entonces. Recuerdo que en ese momento vivíamos una crisis muy grande, nadie tenía dinero, fue cuando se devaluó el peso, todos buscábamos una manera de sobrevivir.

—1994, sé que fueron años muy difíciles para la nación.

—Aquí muchas personas decidieron irse para el otro lado, no estamos tan lejos de Arizona y muchos intentaron probar suerte allá. Pero la desesperación es grande, algunos no se iban con coyotes o con alguien que supiera el camino de antemano. Pensaban que como no estamos tan lejos, podrían hacerlo solos.

—Tienen que cruzar parte del desierto, ¿no es así?

—Un hombre de aquí intentó cruzar, pero pasaron las semanas y no se tenían noticias de él. Tenía una esposa que diario iba a orillas del pueblo y ahí lo esperaba, en una ocasión se internó ella misma en el desierto y tardó cerca de dos días en volver.

—¿Qué fue lo que pasó?

—Dijo que había ido a pedir por la vida se su esposo, que sabía que él estaría bien. Una semana después, su esposo se comunicó con ella y todo fue normal hasta cierto tiempo.

—¿Por qué?

—Ella estaba embarazada, pero era un embarazo extraño. No era normal. En muy poco tiempo, tenía una panza enorme y quiénes la vieron dicen que se podía observar cómo se movía por dentro el bebé. Muchas personas del pueblo empezaron a decir que era hijo del diablo.

—¿Cómo fue que llegaron a esa conclusión?

—Cuando su esposo se fue, habían pasado semanas y él seguía con vida. Se dice que ella hizo un pacto con el diablo para que su esposo pudiera cruzar y que ella, por lo tanto, tendría un hijo del diablo.

—¿Qué es lo que pasó, cuando el niño nació?

—La mujer se volvió extraña, no convivía con nadie, solo cuando compraba su despensa, no hubo nadie cuando dio a luz, ella murió y nadie vio a su hijo.

—¿Cómo es eso posible?

—No lo sé con exactitud, pero a partir de entonces empezaron a pasar cosas extrañas, se perdía el ganado y luego aparecía mutilado y sin órganos. Pronto se empezó a decir que era el hijo de esa señora.

—El mestizo.

—Sí, algunas veces lo vieron, decían era como cualquier niño, pero con la cara alargada, era blanco y tenía las extremidades muy largas.

—¿Él llegó a atacar gente?

—No, nunca, pero las personas estaban llenas de ira por sus animales, algunas personas trataron de cazarlo, pero nunca tuvieron éxito. Don Joaquín, el que en ese entonces tenía el rancho más grande de aquí, contrató a algunos cazadores que venían de Nogales y junto a ellos empezaron a darle caza. Esa noche cerca de siete hombres murieron, incluido Don Joaquín.

—¿Volvieron a darle cacería?

—No, los años pasaron y pronto el pueblo empezó a acostumbrarse a todo eso, incluso los dueños de las rancherías se iban turnando cada mes para dejar un animal para el mestizo, así decían que él no entraría a matar más.

—¿Y sirvió?

—Sí, parecía que el pueblo y él tenían una especie de acuerdo. En una ocasión, en el año 2002, vinieron unas personas, nos exigían que tuviéramos en el pueblo sembradíos de droga, nos dijeron que, si no aceptábamos, matarían a algunas personas. Como muchos se negaron, empezaron a matar a sus esposas, hijos, fue terrible.

—¿Y la policía?

—No había nadie que pudiera ayudarnos, la policía aquí es el pueblo mismo. El señor Catalino tuvo una idea y una noche fue y gritó al desierto que le ayudaran, que ayudaran al pueblo, pidió y lloró ayuda, él pensaba que el mestizo podría hacer algo.

—¿Qué pasó después?

—Una noche, el mestizo quemó los cultivos, tomó a un hombre y lo llevó a la salida del pueblo, solo se oían los gritos de dolor de aquel desafortunado. Sus compañeros trataron de ir a ayudarlo y de todos, solo uno regreso. Dijo que allá fuera había un monstruo, jamás regresó al pueblo.

—¿No volvieron a molestarlos después?

—Llegaron a venir algunos, pero todos tenían el mismo destino.

Cuando escuchamos el relato de Raúl, quisimos saber

un poco más de la historia, así que buscamos a el señor Catalino, era el hombre que pidió al mestizo la ayuda para el pueblo.

—Hemos oído de usted y queríamos ver si podía ayudarnos a saber más, ¿qué —fue lo que pasó aquella noche cuando usted pidió ayuda al mestizo?

—Nosotros estábamos hartos de todo eso, la extorsión, las muertes, solo queríamos vivir en paz.

—¿Por qué decidiste pedir ayuda a esa criatura?

—Porque es de aquí, aquí nació, es como nosotros y sabía que se preocupaba por nosotros.

—¿Cómo lo sabías?

—Porque no es el demonio que muchos piensan, ¿hijo del diablo? No lo sé, pero mi madre conocía a la suya y siempre dijo que era una mujer ejemplar. Ella no podría dar a luz a un monstruo.

—¿Pero y las muertes de los animales, la del señor Joaquín y sus hombres?

—Todos comemos, tú también comes carne y no por eso eres un monstruo. No caza por gusto, lo hace por necesidad. Y eso mismo pasa con Joaquín, si yo quisiera matarte, tú te defenderlas sin importar el costo, es la necesidad misma de querer vivir.

—Entiendo y creo que tienes razón.

—Yo le pedí ayuda, no pensaba en que me fuera a matar, pedí ayuda como se la pedí a cada persona del pueblo, pero solo él hizo algo. Fue el único que no tuvo miedo de enfrentarlos. Le debemos mucho.

—Mencionaste que tu madre conoció a la madre del

mestizo, ¿cómo era ella?

—Mi madre dice que ella era normal, cuando supo que estaba embarazada se colmó de felicidad, pero conforme avanzaba su embarazo, ella se iba debilitando, su energía, su vida, todo. Pronto, ya no tenía fuerzas para salir de casa, mi madre era quien le ayudaba con las compras o a cocinar, yo no tengo muchos recuerdos de eso, tenía cerca de ocho años. Pero sé que mi madre era feliz de ver a su amiga.

—¿Sabe usted de alguien más que haya conocido a la señora?

—Mi madre siempre mencionó a la señora Beatriz, ellas eran amigas, quizá pueda ayudarte, sinceramente aquí en el pueblo no nos metemos mucho en eso.

—¿Puedo saber por qué?

—Sabemos lo necesario, es alguien bueno. Su pasado o historia no importan, es uno de nosotros.

La señora Beatriz era una señora de unos cincuenta años, se veía cansada, pero con gran entusiasmo. Apenas la vimos, nos invitó a comer para "tener fuerzas" para la entrevista.

—¿Podría decirnos qué sabe usted del mestizo?

—Sé que es alguien que nos protege, no solo de los hombres. Allá fuera hay cosas que ni tú ni yo conocemos, cosas que harían estremecer a cualquiera y el mestizo nos cuida de eso.

—¿Usted lo ha visto?

—Sí, es grande y sin vello, su piel es casi blanca, parece humano, pero no lo es, pero sabes, no da miedo. Es como estar frente a un león o un oso, sentimos admiración, respeto.

—¿Cuándo fue que lo vio?

—Varias veces, quizá la última fue hace unas noches, yo venía de la iglesia y casi al llegar a casa, sentí que algo me miraba. Lo vi, se quedó unos segundos y luego se fue.

—Usted conocía a su madre, ¿no?, ¿es cierto que el hijo no era de su entonces esposo?

—No, no lo era y ella nunca tuvo problema en admitirlo, ella pidió por su esposo, que estuviera bien y a cambio, un ser en el desierto tomó su cuerpo, el embarazo fue el resultado.

—¿Ella accedió?

—Ella accedió a salvar a su esposo, quizá en ese momento no sabía lo que conllevaría. Pero creo que nunca se arrepintió.

—¿Qué fue del esposo de ella?

—En cuanto supo del embarazo, desapareció, jamás regresó. Supongo que saber que su mujer había sido de alguien más fue muy doloroso para él, incluso si fue por salvarlo al mismo.

—¿Cómo fue el embarazo para ella?

—Triste, ella amaba a su esposo y jamás lo vería de nuevo, no tenía ese apoyo que necesitaba y aunque quería tener ese hijo, era difícil para ella, para su cuerpo. Pero quería tenerlo y contra todo pronóstico, lo tuvo.

—¿Qué fue del bebé al nacer?

—Su madre lo crio sola, pronto se dio cuenta de que no podía tenerlo cerca, la gente hablaba y muchos querían matarlo por ser diferente a los demás, ella lo llevó al desierto.

—¿Lo abandonó?

—No precisamente, ella sabía que él pertenecía allá, sabía que él estaría bien y confío en eso. Tiempo después, pasó lo que todo el mundo sabe, los animales, el trato y después, finalmente, la aceptación.

Antes de irnos del pueblo, el señor Raúl nos invitó a ir a dejar la ofrenda de ese mes para el mestizo, ahí se reunían pocas personas, pero en ellas se veía el agradecimiento y la nobleza que le tenían. También hubo una pequeña comida en casa de Beatriz, todos comimos y disfrutamos la velada. Una cosa que me llamó particularmente la atención, una fotografía de Beatriz estando embarazada.

Le pregunté directamente.

—Vi su fotografía, ¿usted tiene hijos?

—Claro que sí, uno, y aunque casi no lo veo, siempre está cerca de una forma u otra.

La historia del mestizo cuenta con muchos testimonios sólidos y con el respaldo de casi todo el pueblo, sin embargo, nos deja con más dudas que, seguramente, no podremos resolver.

EL GUARDIAN DEL CANAL

Ciudad de México, Río de los Remedios.

Esta historia es muy conocida en habitantes cercanos al conocido Río de los Remedios, la leyenda dice que por la noche una criatura se aparece en el canal y que hace un ruido muy parecido a un gruñido o chillido, antes de desaparecer en la penumbra. Las personas que han estado presentes, describen a la criatura como un ser enorme con brazos largos, parecidos a tentáculos con garras, ojos amarillentos y una especie de alga o desperdicio que lo cubre.

Me decidí a y preguntar a la gente cercana a la región para saber de primera mano qué es lo que piensan que existe ahí. Recopilé algunos testimonios.

Doña Mary es una señora que ha vivido cerca del comentado río.

—Muchísimas gracias por aceptar esta pequeña entrevista, me gustaría empezar sabiendo, ¿hace cuánto tiempo vive usted aquí?

—Toda mi vida, quizá setenta años. Antes de que hubiera tantas casas y las carreteras eran aún más viejas.

—Como le comentaba en un principio, tratamos de buscar información y recopilar algunos relatos del monstruo del canal. Usted podría decirnos primero, ¿qué es lo que piensan acerca de esta leyenda?

—Que no lo es.

—¿Disculpe?

—Una leyenda, tengo entendido es algo que no se sabe si pasó o no, como algunos chismes, pero lo del monstruo, no lo es.

—¿Usted ha sido testigo?

—Cuando tenía ocho años o quizá menos, no recuerdo la fecha exacta, pero eso, esas cosas, jamás se olvidan.

—Entiendo.

—Yo jugaba fútbol cerca de casa con mis primos, era noche o muy tarde, lo recuerdo porque apenas y podíamos ver, te darás cuenta de que el río queda a escasos metros, así que teníamos que tener cuidado de no volar la pelota.

—Claro o se iría directo al canal.

—Mientras jugábamos, yo pateé muy mal la pelota, salió directa al río, entonces mis primos me dijeron que tenía que ir yo por ella, yo la había volado.

—Siga.

—Al llegar y tomar el balón, me sorprendió que había un animal muerto, era un perro o un gato, estaba destripado, yo me espanté y me caí de la impresión. Me levanté rápido y escuché un chillido, era como una vaca, pero se oía más tenebroso, más grave.

—¿Y usted la vio a la criatura?

—La vi y ella me miró, tenía ojos amarillos, como podridos, no pude hacer nada y me desmayé.

—Eso es bastante peligroso, cerca del canal.

—Río, en ese entonces era un río, era agua limpia y no había basura, como hoy.

—Aun así, es bastante peligroso

—Quien me despertó fue mi tía, mis primos se habían

metido corriendo al escuchar al monstruo.

—¿Ellos lo vieron?

—No, solo fui yo.

En la entrevista con la señora Mary, notamos que las similitudes entre ella y otros relatos eran formidables, también pudimos notar que la aparición de la criatura databa desde hace bastante tiempo, poniendo como ejemplo el río, que era de agua limpia en ese entonces. Otra entrevista que nos ayudó mucho fue con el señor Abraham.

—Puede comenzar diciéndonos de dónde es por favor.

—De Toluca, pero viajo mucho aquí.

—Nos comentaba que su trabajo tiene que ver con el río, podría decirnos, ¿cómo es eso?

—Hace unos seis meses, se inició un proyecto para limpiar canales y ríos de la ciudad, ya sabes, sacar basura que la gente tira, animales muertos, muebles, televisiones, te sorprendería saber todo lo que tiran ahí.

—¿Alguna vez le pasó algo ahí? Que no sea normal.

—Me han asaltado, he estado a punto de ahogarme en las aguas negras, pero eso es normal ahora en la ciudad, creo que lo más extraño que me pasó fue en una ocasión que tuvimos que trabajar hasta noche.

—Siga.

—Es normal en el trabajo, a veces, incluso es mejor trabajar de noche, pero esa ocasión lo que sucedió no fue nada normal. Solo éramos tres en el bloque.

—¿Bloque? Podrías decirme, ¿qué es a lo qué te refieres?

—Claro, verás, cuando trabajas en la limpieza digamos que vas con un equipo, la cantidad depende la zona que vayan a cubrir, cada bloque limpia una sección mientras otro hace lo mismo en otro lado, así avanzamos rápidamente.

—Gracias.

—Entonces estábamos ahí, Sergio, Sebastián y yo, estábamos recogiendo un mueble que se había atascado con la tierra del canal, estaba la mitad sumergida y la otra al aire, nos costó demasiado trabajo sacarlo, dentro de ahí había basura y dos gatos muertos, ¿te imaginas? Un mueble usado como basurero para aventarlo ahí.

—Es lo que hemos escuchado, mucha gente tira sus desperdicios ahí.

—Sí, y estábamos completamente enfocados en sacar el mueble, era realmente difícil. De pronto vimos algo que se acercaba del extremo, no era humano, eso seguro.

—¿Recuerda cómo era?

—Era del tamaño de un edificio de dos pisos, en verdad, era enorme, pero no parecía humano, era una bestia y sonaba como tal.

—¿La vieron los tres?

—Te digo que era enorme, era imposible no ver esa cosa o lo que sea. Tenía garras y sus ojos estaban llenos de ira, no nos quedamos ni un segundo más, nos fuimos, el mueble aún sigue ahí.

Dos personas de diferentes edades y de diferentes procedencias habían sido testigos de aquel ser, si bien no era una prueba fidedigna, daba fuerza al folklore local. Fuimos a entrevistar a un párroco que vivía cerca del río, y lo que nos dijo nos dejó aún más intrigados. No nos permitió poner su nombre en la investigación

—¿Qué opina usted de lo que dicen de la criatura del río?

—¿Crees en Dios?

—No entiendo.

—Me gustaría saber tu respuesta, si me lo permites.

—No, no creo en Dios.

—Exactamente eso es lo que pienso, la gente aquí se ha alejado demasiado de Dios y él, eventualmente mandó algo que hiciera a la gente que se dieran cuenta de que, así como existe el mal, existe Dios.

—¿Usted ha visto a la criatura?

—Era una noche santa, yo había ido a bendecir una casa que se había quemado, una tragedia, la familia entera había muerto ahí, una fuga de gas.

—Lo siento.

—Fue una noticia enorme, los padres, la abuela y tres niños habían muerto, no hubo sobrevivientes, bueno sí, de los dos perros que había, uno sobrevivió al salir por la ventana, el pobre se fracturó las piernas.

—Así que lo llamaron a usted.

—Sí, fui a bendecir el lugar para que sus almas que habían muerto de manera violenta, fueran al cielo, pero camino de regreso a la iglesia vi a ese demonio, era enorme, tenía ojos amarillos y era más grande que la entrada de la parroquia.

—¿Se asustó?

—No, lo vi a los ojos y sé que él me miró, pero no pasó

nada, tengo mi alma encomendada con Dios. Entendí que quizá la tragedia de la familia tenía que ver, quizá eran pecadores, no lo sé, Dios es quien sabe todo, pero algo estoy seguro, la presencia de ese demonio se debe a la falta de fe en Dios.

Después de recopilar más testimonios nos dirigimos al canal, ahí grabamos unas tomas que servirían de material de referencia, se hizo de noche y esperábamos ver a la dichosa criatura, pero nadie la pudo ver, antes de recoger las cosas vimos como una chica de no más de treinta años, se acercó al canal para dejar un ramo de rosas.

—Disculpa, es una pregunta indiscreta, lo sé, pero podrías decirnos, ¿por qué dejas las flores?

—Aquí han pasado cosas terribles, muchas muertes, traigo una pequeña ofrenda para ellos.

—¿Muertes?

—Sí, muchos animales han perdido la vida aquí, y otros más vienen a terminar aquí, gente que piensa que son objetos o peor que eso, vienen y se deshacen de ellos aquí.

—Hemos escuchado eso, es algo desafortunado.

—Aunque sabes, ellos no están solas, aquí hay algo, mejor dicho, alguien que los protege, que toma su alma y las lleva allá a donde no podrán sufrir.

—¿El monstruo?

—No, el guardián del canal, los monstruos son aquellos que tratan a los animales de esa forma.

—¿Has visto a esa criatura?

—Algunas veces, y puedo admitir que me da más miedo el caminar sola por la noche. El guardián protege y cuida a los animales, o quizá solo sea uno más, o todos ellos, no lo sé.

Recogimos nuestro material y nos dispusimos a irnos de ahí, fue tan solo un segundo, pero todos pudimos verlo. Era tal y como decían las leyendas, pero no nos dio miedo, solo sentimos una profunda tristeza. Todos decidimos quedarnos ahí un poco más, la leyenda, era cierta.

LA PUERTA DE WALPURGIS

Peña de lobos, San Miguel Técpan, Estado de México.

La leyenda dice que en una de las peñas ubicadas en el parque algunas noches se abre un portal que puede transportarte a alguna época distinta.

Peña de Lobos es una reserva natural protegida, en el municipio de San Miguel Técpan en el Estado de México. Ahí se encuentran cabañas que rentan para pasar la noche, se pueden hacer fogatas, senderismo y también acampar, es un lugar rústico donde no hay energía eléctrica, pero la gente suele ir para poder distraerse del bullicio de la ciudad, respirar aire limpio y disfrutar hermosos paisajes, ríos y manantiales.

La gente que trabaja ahí, es en su mayoría de la región de San Miguel Técpan, cuando les comentamos el motivo de nuestra visita nos recomendaron ir con el señor Guillermo, pues era quien llevaba más tiempo cuidando del parque. El señor Guillermo es un hombre de unos cuarenta años, muy atento y nos recibió con los brazos abiertos para hacer la entrevista.

—Gracias por su tiempo, nos gustaría saber, ¿hace cuánto que trabaja usted aquí?

—Como cuidador unos veinte años, pero vengo aquí desde que era niño, toda mi vida me la he pasado trabajando aquí, cuando era niño, como "viene, viene" para los coches de los turistas, luego como encargado de una tirolesa, también como paseador de caballos, si te contará, en verdad he trabajado aquí toda mi vida.

—Hemos escuchado que este es un lugar que registra alta intensidad respecto a temas paranormales, ¿podría decirnos algo al respecto?

—Este lugar, así como lo ves, se ha mantenido por muchísimos años, miles de años sin intervención humana; si vemos tirolesas, cabañas y algunos juegos como gotcha, pero son cosas que no alteran demasiado el lugar. Creo que es precisamente la pureza del sitio lo que hace que sea tan grande su energía.

—Apenas llegamos, vimos que había unas personas que venían a meditar y recargar sus energías, ¿sabe qué es eso?

—La verdad, no, pero no es de extrañar, aquí vienen hippies, gente que le gusta el esoterismo e incluso religiosos a bautizar a algunos creyentes.

—También notamos que hacen algo que llaman "noche de leyendas". ¿Qué es, en qué consiste?

—Hacemos pequeños grupos, pueden ir a caballo o caminando, mientras Delfino, el guía, va contando algunas historias que han pasado aquí.

—¿Podría decirnos usted alguna?

—Hay gente que ha visto aquí extraterrestres, dicen que los han visto descender de sus naves y venir a tomar energía del manantial, también hemos encontrado lo que pareciera ser rituales de brujas, todo esto ha pasado aquí y hay gente que ha sido testigo.

—¿Usted ha presenciado algo?

—Cuando tenía veinticuatro años, era una noche hermosa, estaba recostado con mi novia justo frente a una cascada que hay a cinco minutos de aquí, estábamos viendo las estrellas cuando el cielo se iluminó, ambos nos levantamos para ver qué es lo que era, solo vimos una luz enorme que salía de la peña del Walpurgis, pasaron apenas unos segundos o menos y sentimos un leve temblor en el piso, ambos corrimos de vuelta al coche y nos fuimos.

—¿Qué es la peña del Walpurgis?

—Es una de las peñas que se alcanzan a ver desde la entrada, está un poco difícil acceder a ellas, pero la vista desde ahí es asombrosa. Se le llama así porque cada treinta de abril vienen muchas personas que creen en la brujería y rodean la peña, se ponen a bailar y a hacer cantos extraños, está tradición lleva así desde que yo era pequeño, aunque en estos tiempos ya viene más gente.

—¿Ha pasado algo ahí a parte de lo que usted vio?

—Muchas cosas, hay gente que, no puedo decirlo abiertamente, pero hay gente que se ha perdido aquí, y dicen que se les vio por última vez cerca de esa peña, también hay animales que se han encontrado muertos y como le decía, vienen muchas personas, pero todas, sin importar sus creencias, coinciden en que ahí se siente la energía diferente. Yo no suelo subir más allá desde lo que viví, pero Guillermo podría contarle más al respecto, existe una historia muy conocida acerca de un hombre que apareció de repente aquí, es parte de la noche de leyendas, incluso el recorrido lleva hasta la peña.

Contactar con Guillermo fue un poco más difícil ya

que él solo iba al parque el fin de semana y como era lunes, no estaba cuando fuimos. Después de una llamada de Guillermo él fue a encontrarse con nosotros, nos ofreció a darnos el recorrido que hace cuando es la noche de leyendas y mientras tanto podríamos preguntarle lo que quisiéramos.

—¿En verdad hay mucha gente que viene a hacer el recorrido de leyendas?

—Cada viernes, sábado y domingo lo hacemos, cada día se juntan alrededor de quince personas para el recorrido, lo cual es bastante alto considerando que estamos algo lejos, muchos vienen desde la ciudad, algunos de otros estados, pero todos vienen por lo mismo, el folklore.

—Nosotros también hemos oído bastante de este lugar, brujas, nahuales, duendes, pero todas estas leyendas tienen algo en común, la peña de Walpurgis.

—Sí, la peña, es realmente asombroso lo que la gente cuenta.

—¿Puede decirnos algo de ese lugar?

—Mi difunto abuelo me contó una vez que cuando él era chico y pasaba ahí el día junto con su padre y otras personas vieron bajar a una persona del bosque, aquel hombre vestía con ropa rara, tenía un acento extraño y se veía asustado. El padre de mi abuelo y los demás le dieron comida y lo llevaron al pueblo, pero nadie parecía conocerlo, no le entendían nada y era casi imposible el poder comunicarse. Pasaron unos días y mientras el extraño estaba en casa del entonces presidente del pueblo, vio un mapa y ahí el señalaba un lugar, pero no era ninguno del país, él señalaba un lugar en Alemania. Entendieron que él quería decir que venía de allá, pero no se podía hacer nada al respecto. Pasaron unas semanas y unos frailes se lo llevaron de aquí, nunca supimos qué fue de él.

—¿Quiere decir que por una extraña razón él llegó desde Alemania?

—Sí, decía mi abuelo que esa persona no dejaba de señalar la piedra. Y pues tiempo después de que se lo llevaron, muchos frailes, sacerdotes y demás, venían a ver la peña, a examinarla. Pronto empezaron a oírse más historias de la peña, gente que decía ver luces, personas que afirmaban sentir algo, incluso llegaron a encontrar animales extraviados, pero no pertenecían a nadie, era todo muy extraño.

—¿Por qué Walpurgis?

—Desde hace años vienen personas a este lugar a hacer brujería, trabajos de amarres, vudú, esas cosas, otra historia memorable es de hace años, donde se cuenta que una noche fueron vistas por todo el pueblo esferas de luz que volaban alrededor de la peña. Algunos decían eran extraterrestres, otros que eran señales del fin del mundo, pero la versión más aceptada era la que decía eran brujas. No sé de dónde salió exactamente el nombre, pero se le quedó.

—Nos contaron que muchas personas aquí que han desaparecido, ¿es eso cierto?

—No podemos hablar mucho del tema, ya sabes, le da mala imagen al lugar, pero sí, algunas desapariciones. Lo raro del asunto es que jamás encontramos algún cuerpo, verás, es normal que la gente se extravíe en ese tipo de lugares, son inmensos y apenas empieza a atardecer, se vuelve completamente obscuro, no hay luz eléctrica y mucho menos cobertura en los celulares, así que como te decía, es fácil perderse.

—¿Por qué dices que es raro no se encuentren cuerpos?

—El lugar es inmenso, pero, aun así, las veces que ha habido desapariciones esperamos encontrar algún cuerpo, quizá se haya caído por un acantilado, quizá lo atacó algún animal, quizá por inanición. Encontraríamos eventualmente un cadáver y en estos casos, no fue así. Se dice que quizá la peña sea una especie de portal, que, así como algún día trajo al alemán a esta zona, pudiera enviar a alguien de aquí a otro lado.

—¿A Alemania?

—No necesariamente, cuando viene la gente habla mucho de esto y entre tantas cosas que se van hablando, vamos encontrando ciertas similitudes en otras historias. Gente que viene de Estados Unidos, de China, Europa, España y nos cuentan cosas parecidas de sus lugares de procedencia.

—¿Lugares donde cerca de peñas hay gente desaparecida?

—Gente que desaparece y gente que aparece. Hace menos de tres meses vino un coreano, nos decía que cerca de donde él vive existe una laguna, en esa laguna muchas veces la gente entre a nadar y no sale y otras veces han encontrado gente ahogada que nadie conoce, gente de otras nacionalidades. Como verás, la historia es parecida a la que tenemos aquí.

Delfino nos llevó a la peña, ahí vimos que ya se encontraban varias personas alrededor, una de ellas destacaba por su vestimenta completamente oscura, su nombre era Vanessa y accedió a que le hiciéramos una pequeña entrevista.

—¿Puedes decirnos qué haces aquí?

—Cada que puedo, vengo, es un lugar muy misterioso.

—¿Por qué lo dices?

—Supongo saben las historias que se cuentan de aquí, no sé si sean ciertas o no, pero este lugar en verdad da miedo, la primera vez que vine fue junto con unos amigos de la universidad, decidimos adentrarnos en el bosque y nos perdimos, fue algo muy extraño, todos habíamos visitado lugares así antes y nunca habíamos tenido problemas.

—¿Qué fue lo que pasó?

—Era como si el bosque tuviera vida, caminábamos y de pronto parecía que solo dábamos vueltas en círculos, teníamos una brújula con nosotros y esta marcaba el norte en un lugar y de pronto en otro, era algo que no podíamos comprender.

—Se nos hizo de noche y la solución más viable que tuvimos, fue seguir la luz más brillante, pero, ¿sabes?, el lugar más brillante parecía venir de justo aquí.

—¿Había una luz?

—De lejos parecía ser así, pero llegando vimos que no había nada que la produjera, no había ninguna persona, solo estábamos nosotros.

—¿Esperaron ahí hasta el amanecer?

—Sí, pero fue la noche más aterradora de mi vida, sé que si lo cuento no parece así, pero en verdad fue aterrador. Por la noche parecía que alguien o algo estaba dentro de la peña, todos lo escuchábamos, teníamos ganas de ir y ver, pero nadie lo hizo y no nos fuimos de ahí porque sabíamos que al amanecer alguien pasaría por aquí, nos daba miedo meternos de nuevo en el bosque y perdernos más. Es la noche más larga que he tenido.

—¿Por qué regresaste?

—Como te decía, ese día venimos algunos amigos de la universidad, cuando regresamos a la escuela contamos tantas veces la historia, que le llegó a uno de nuestros profesores, él es muy escéptico y nos dio miles de razones por las cuales estábamos equivocados.

—¿Puedo saber qué les dijo?

—Puedes preguntarle tú, él está aquí ahora mismo, venimos a hacer un viaje para conocer un poco sobre las especies endémicas de la región, estudiamos biología.

El profesor, de nombre Sandro, accedió a hablar con nosotros.

—Hablábamos hace un momento con una de sus estudiantes, Vanessa, quien nos comentaba la experiencia que vivió aquí hace algún tiempo, podría decirnos, ¿qué es lo que opina al respecto?

—Sin duda es un lugar impresionante y vaya que es peculiar, pero no en el sentido que muchos creen.

—¿Podría explicarnos?

—Este es un lugar muy parecido a la zona del silencio, en el norte de México. —Ahí hay un magnetismo más elevado que en otras regiones del mundo, eso hace que algunos aparatos como la brújula, el radio y otros, empiecen a presentar fallas.

—Algo sé al respecto, me parece que el triángulo de las bermudas, es un caso parecido.

—Así es, en el mundo existen varios lugares así, que son igual de interesantes

¿Qué opina sobre las cosas que la gente dice haber visto?

Hemos descubierto que hay algunas peñas, como esta, que, de vez en vez, dejan salir algo de gas natural, el cual no huele y causa algunas alucinaciones, quizá tuviera algo que ver.

—Mencionó que es una zona magnética, ¿eso en qué más influye?

—Aquí existen áreas con gran concentración de fragmentos de aerolitos, así como especies endémicas.

—¿Qué es un aerolito?

—Básicamente, es un meteorito que entra en la atmósfera y termina por caer en la tierra. Al entrar en la atmósfera, se produce una especie de incendio y eso justificaría también las luces que la gente afirma haber visto.

Entiendo, entonces más que luces que provienen de la peña, son meteoritos que se incendian al entrar en la atmósfera.

—Así es, o por lo menos es lo que hemos descubierto hasta ahora, otras siguen en tela de juicio, como las desapariciones, que por cierto han sido bien documentadas y para nada resueltas.

—Supongo todo tiene una explicación al final del día.

—Es que aquí es donde yo también pierdo la razón. Hace varios meses, vino un colega que estaba muy interesado en medir la actividad sísmica de esta región, él decía que era extraño que se produjeran en esta zona en particular, así que trajo un sismógrafo y lo instaló.

—¿Qué fue lo que pasó?

—En efecto había microsismos en la región, pero lo que lo consternó fue el darse cuenta de que no eran movimientos aleatorios, parecían estar repitiéndose en un orden específico, él se obsesionó con eso, decía que era una especie de mensaje.

—¿Pudo descifrarlo?

—Sí, pero desafortunadamente nunca sabremos lo que decían, él se suicidó apenas descifró el mensaje. Quemó toda su investigación y se arrojó desde el décimo piso del lugar donde vivía.

La leyenda de la Peña del Walpurgis puede tener una explicación lógica tal como descubrimos, pero entre más íbamos indagando en la leyenda, más cosas siniestras iban saliendo a la luz. Incapaces de tener más información al respecto, nos fuimos de ahí con la esperanza de algún día saber la verdad.

SIN TÍTULO

Hace una vida, caí enamorado de tu sonrisa, de tus ojos esmeralda.

De tu abrazo cálido, de tu dulzura enternecedora, de tu amor.

¿Cómo puedes demostrar a alguien tu amor, si no es abandonando lo único seguro que hay en esta vida? La muerte.

Y más importante,

¿cuán corta puede ser una eternidad para amar a alguien?

¿Cómo atrapar una estrella fugaz?

¿Cómo atrapar la vida misma y conservarla para siempre, en un abrazo eterno, en un beso o una caricia?

Quizá solo con un pacto de sangre, de amor.

Hace una vida, caí enamorado de tu sonrisa, de tus ojos esmeralda.

Hace una vida, caí enamorado de tus mentiras.

Índice

Un verdadero amor (Ariel love)   13

El sótano   22

El cadáver   32

Cuidaré de ti   39

Las minas de Santa Cruz   46

Los viajes del alma   71

Cruel invierno   85

Tristeza casi vencedora   90

Siempre te amaré   100

La última hora   109

A mi lado   113

El paso del diablo   120

El circo de las pesadillas   126

El mestizo   137

El guardián del canal   145

La peña de Walpurgis   152

Sin título   162

Apócrifa

se terminó de imprimir en Julio MMXXII